www.tredition.de

AF217694

Daniela Elijan

Seelenkinderzimmer

Als der liebe Gott vergaß den Schalter umzulegen

www.tredition.de

© 2021 Daniela Elijan

Verlag und Druck:
tredition GmbH, Halenreie 40-44, 22359 Hamburg

ISBN
Paperback: 978-3-347-35023-6
Hardcover: 978-3-347-35024-3
e-Book: 978-3-347-35025-0

Für meine beiden Kinder –ihr seid mein Herz

„Negativ". Laurie starrte auf den Schwangerschaftstest in ihren Händen und Tränen schossen ihr in die Augen. Schon wieder, dachte sie bei sich. Sie rutschte an der blau gefliesten Wand des Badezimmers entlang auf den Boden und konnte den Blick nicht von dem kleinen weißen Fenster nehmen, das auch nach fünfminütigem Warten keine zweite rosa Linie hervorbringen wollte. Mist. Immer wieder derselbe verdammte Mist. Jeden Monat dieses unerträgliche Warten auf das Ausbleiben ihrer Regel und schließlich wieder ein negatives Ergebnis. Sie betrachtete noch einmal den Test in ihren Händen. Ein simpler kleiner Plastikstab, nichts Besonderes und doch hatte dieses Ding die Macht alle Hoffnungen in ihr mit einem Mal im Keim zu ersticken. Ja, ersticken war das richtige Wort. Ihr Hals war wie zugeschnürt und die heißen Tränen bahnten sich ihren Weg über Lauries Wangen. Zehn Monate waren seit der Fehlgeburt und der damit verbundenen Abrasio nun vergangen. Fehlgeburt. Laurie hasste dieses Wort und sie wunderte sich mit welcher Selbstverständlichkeit ihr es mittlerweile über die Lippen kam und in ihren Gedanken herumspukte. Sie hatte das alles nicht als Fehlgeburt empfunden. Vielmehr als Raub, als Überfall auf ihren Körper und ihre Seele. Es war nicht so, dass ihr „Krümel" von heute auf morgen einfach verschwunden wäre, als hätte es ihn nie gegeben. Ihr ganzer Körper, ihr Leid bewiesen das Gegenteil. Man hatte ihn ihr weggenommen. Natürlich wusste Laurie, dass dies Unsinn war und sie ohne den Eingriff womöglich hätte sterben können. Doch in ihrer Gefühlswelt saß die Trauer. Die klaffende Wunde, die dieses Erlebnis in sie gerissen hatte. Das von ihr bereits so heißgeliebte Kind wurde einfach „entfernt". Als wäre es nie da gewesen. Und die Lücke die es hinterlassen hatte, hatte sich mit Schmerz gefüllt. So als hätte man ein Stück ihres Herzens weggenommen. Und dieser Schmerz war bei ihr. Er war zu ihrem treuen Begleiter geworden, den sie in Momenten wie diesem unerträglich fand. Nicht, dass sie nicht ausgiebig getrauert hätte. Das hatte sie wirklich. Sie hatte Abschied genommen. Am Grab, mit ihrer Erinnerungskiste, die sie angefertigt hatte, in Gesprächen mit ihren Eltern und natürlich mit Adam. Ja, Adam war wundervoll gewesen. Oft fragte sie sich, ob sie ohne ihn das Alles hätte durchstehen können und sie war dankbar, dass ihr diese Frage unbeantwortet blieb. Doch trotz all der Bemühungen, gab es immer wieder Situationen und Tage, die alle Kraft von ihr verlangten nicht zu weinen. Heute war so ein Tag. Alle Stärke reichte nicht aus und sie ließ ihren Tränen freien Lauf.

„Laurie! Alles in Ordnung da drin?" Adam klopfte sanft gegen die Türe. „Ich weiß nicht" Mehr brachte sie nicht hervor, weil die Tränen in ihrem Hals brannten und ihr die Stimme nahmen. Langsam öffnete sich die Türe. „Laurie, Schatz. Was hast du denn?" Sie sah in seine Augen und er verstand. Adam nahm ihr den Test vorsichtig aus der Hand, warf ihn in den Mülleimer und kniete sich neben sie. „Komm her, Liebling." Laurie warf sich in seine Arme und schluchzte. Der Schmerz schüttelte sie und sie fühlte sich wieder wie ein kleines verletzliches Kind. Adam war warm und sein Griff stark und ruhig. Seine Hand streichelte zärtlich ihren Hinterkopf und Laurie wurde wieder einmal zutiefst bewusst wie sehr sie ihren Mann liebte. Sie wusste, dass sie ein starker Mensch war, doch wenn sie ihre Kräfte verließen, war Adam wie eine Quelle der Energie. Er war ihr Ruhepol und sie hoffte inständig, dass er das wusste. „Laurie, Liebes. Beruhige dich doch. Sei nicht traurig. Beim nächsten Mal klappt es bestimmt." „Das wird es nicht. Es wird gar nicht mehr klappen!" „So ein Unsinn! Du bist zu ungeduldig. Und trotzig bist du auch." „Das bin ich nicht!" Sie wusste, dass er recht hatte, doch so sehr sie ihn auch liebte, mochte sie es nicht, wenn er richtig lag. Adam dachte immer nur positiv und sie fragte sich oft, ob er wirklich daran glaubte, dass sie irgendwann ihr Wunschkind haben würden, oder ob er das alles nur ihr zuliebe und aus purer Rücksicht heraus sagte. Natürlich schien ihr in der momentanen Situation die zweite Version sehr viel wahrscheinlicher und doch beruhigte sie die Erste ungemein. Dann wünschte sie sich sogar von ganzem Herzen, dass er Recht behalten würde. „Na komm schon. Steh jetzt auf. Der Boden ist kalt und du zitterst. Ich mache uns beiden jetzt zwei Tassen heißen Glühwein und dann sehen wir uns einen Film an. Und du suchst ihn aus. Einverstanden?" „Einverstanden", murmelte Laurie. „Und jetzt lächle wieder für mich." Sie rang sich ein gequältes Lächeln ab, sah Adam nach wie er im Gang verschwand und stand auf. Als sie sich vor den Spiegel stellte um ihr Gesicht zu waschen, fiel ihr Blick auf ein graues Haar in ihrem Pony. Sie zupfte daran bis sie es in ihren Händen hielt. Sie war vor nicht einmal zwei Monaten 28 Jahre alt geworden und doch zog sich bereits immer mehr grau durch ihr sonst naturschwarzes Haar. „Na Bravo Laurie!" Stöhnte sie ihr Spiegelbild an. „Falls du doch irgendwann ein Kind haben wirst —wird es dich, statt Mama, Oma nennen."

„Hey, hey!!! Was ist denn jetzt los?" Er sah sich um. Rund herum war es weiß und über allem lag silberner und goldener Glitzer. Die Wolkenschleier an den Füßchen kitzelten beim Vorbeihuschen und das Firmament hoch über den Köpfchen funkelte in allen erdenklichen Farben. Kein Zweifel dachte Krümelchen. Er war wieder im Seelen-Kinderzimmer angekommen. So nannte man hier im Himmel die große Ebene der Babyseelen. Alle Seelen die irgendwann auf Erden kommen würden, hatten hier ihre Heimat. Sie hießen Seelenengelchen. Sie lernten hier alles, was sie für die Geburt und ihre Zeit davor auf Erden brauchen würden. Alles was es nach der Geburt zu lernen gab, lernten einem Seelenengelchen schließlich die, die schon länger auf Erden verweilten. Eine Seele, die bereits geboren worden war, nannte sich Mensch oder Tier oder Pflanze. Nun ja. Die Ebene der Babyseelen war groß. Krümelchen meinte sogar riesig. Und eingeteilt in drei verschiedene Zimmer. Die Ankunftsstation, die Vorbereitungsstation und die Reisestation. In der Ankunftsstation, die hier jeder nur kurz A.S. nannte, wohnten alle Babyseelen, die für ein Leben auf der Erde vorgesehen waren zuerst. Hier war es schön. Man spielte den ganzen Tag, aß Himmelsglorinchen – das waren leckere runde Kekse mit süßer Füllung, schlummerte im Wolkenkuschelbettchen und wurde von den Ammenengeln gehätschelt und getätschelt. Krümelchen konnte sich noch genau an seinen Lieblingsammenengel erinnern - Hosannia. Er durfte immer kuscheln mit Hosannia und bekam, wann immer er wollte, Geschichten erzählt. Jedes Seelenengelchen blieb hier solange, bis der liebe Gott wusste, ob man nun ein Mensch, ein Tier oder eine Pflanze werden durfte. Diese Auswahl war immer sehr spannend für alle gewesen - hatte doch jeder Angst das zu werden, was man nicht unbedingt werden wollte. Doch Hosannia hatte ihm und den anderen einmal erzählt, dass der liebe Gott genau wüsste, was und wer sie einmal sein wollten. Und sie hatte damit Recht behalten. Jede eingeteilte Seele erhielt einen Schein. Das bedeutete, dass man reif war für die V.S. – die Vorbereitungsstation. Der Schein war ein helles Licht, das hinter und über jedem einzelnen Köpfchen der Seelenengelchen schimmerte. Alle Pflanzenengelchen leuchteten grün, alle Tierengelchen blau und alle Menschenengelchen gelb. Das war wichtig, denn in der V.S. begann das große Lernen und so konnten alle schnell in die richtigen Klassen eingeteilt werden. Hosannia war auch eine der Lehrengel und übernahm meistens die Einteilung der Seelenengelchen in ihre Klassen. Krümelchen war einmal neugierig gewesen und hatte sich in die Tierengelchen – Klasse geschlichen. Sein Freund das Tierengelchen Fips hatte so spannende Geschichten erzählt, dass er neugierig geworden war. Krümelchen hatte sich Wolkenfarbe aus der A.S. gemopst, als er Hosannia besucht hatte und sich damit seinen Schein einfärben wollen, doch das war gründlich schief gegangen. Der Lehrengel Clemensius hatte es natürlich sofort bemerkt und ihn in seine Klasse zurückgeschickt. Krümelchen fand das sehr ärgerlich – hatte er doch vorher noch nie etwas über Eier mit Kalkschalen, oder Geburten im Meer gehört. Doch letztendlich war er froh gewesen, dass Clemensius so ein sanfter und ruhiger Lehrengel war und ihn nicht ausgeschimpft hat. „Das wird dich nur verwirren," hatte er gesagt. Das dachte Krümelchen nicht. Aber das hatte er natürlich für sich behalten. Auch die V. S. war ein schöner Ort, doch für spielen war hier lange nicht mehr so viel Zeit wie in der A.S. Schließlich wurde hier all das gelernt, was man für die Reise zur Erde brauchte. Wie lange man in der A.S. oder in der V.S. verweilte, war von Seelenengelchen zu Seelenengelchen verschieden. Die Ammenengel und die Lehrengel sagten immer: „Der liebe Gott gibt jedem die Zeit, die er benötigt." Ja, und so kam es schon des Öfteren vor, dass einige Seelenengelchen noch in der A.S. waren, während gleichzeitige Ankömmlinge schon auf der Erde verweilten. Die R. S. war das Ziel aller Seelenengelchen. Von hier aus wurden sie auf die Reise geschickt! Sie wussten dann bereits, was auf sie zukommen würde und konnten es kaum erwarten. Doch in der der R.S. anzukommen, bedeutete nicht gleichzeitig, dass man sofort losgeschickt wurde. Hier wurden die letzten Lehren verkündet. Erst wenn der Schein eines Seelenengelchens rot zu leuchten begann, hieß das für die Wächterengel, dass es an der Zeit war, es zur Erde zu schicken. Und genau hier lag Krümelchens größtes Problem. Krümelchen hatte bereits alles gelernt. Er wusste, wie die Seelenreise funktionierte, wie man sich in der Phase, die auf Erden Empfängnis und Schwangerschaft hieß, zu verhalten und zu entwickeln hatte. Er wusste, dass es immer zu Schwierigkeiten und Komplikationen kommen konnte, und dass jeder Leichtsinnsfehler seinerseits Folgen haben konnte. Es war ihm bewusst, dass die Seelen, die bereits auf Erden waren, und bei denen er ankommen würde, Menschen waren, die Eltern hießen und dass er, Krümelchen, mit dem Moment seiner Geburt alle Erinnerungen an das, was er im Himmel, im Seelenkinderzimmer, erlebt, gelernt, oder getan hatte, würde vergessen haben. Krümelchen hatte das nicht schlimm gefunden. Wusste er doch, dass alle Seelen, die auf Erden verweilten, wieder im Himmel ankommen würden. Wenn auch nicht im Seelenkinderzimmer, sondern in einem der vielen anderen Ebenen. Er war doch selbst schon an manchen Orten gewesen, an den lernfreien Tagen, als er mit Fips im Himmel herumspaziert war. Also würde er doch Hosannia und alle anderen wieder sehen. Nur bei Fips half das nicht. Krümelchen würde Fips vermissen. Sehr sogar. Doch das nützte alles nichts. Die Freude auf die Eltern war viel zu groß. Und Krümelchen war ja auch schon losgeschickt worden. Er erinnerte sich genau! Sein Licht hatte rot zu leuchten begonnen und der Wächterengel Praezisikus hatte gesagt es ginge jetzt los. Krümelchen hatte, wie alle Seelenengelchen vor ihrer Reise, durch das große Himmelsrohr in der R.S. schauen und einen Blick auf seine Eltern werfen dürfen. Krümelchen war entzückt gewesen. Dann hatte Praezisikus ihn durch das große Tor gehen lassen und ihm war furchtbar schwindelig geworden. Alles hatte sich gedreht und in Krümelchen hatte sich ein Gefühl breit gemacht, das ihm bisher völlig fremd gewesen war. In der Engelschule hatten sie gelernt, dass man dieses flaue Gefühl „Übelkeit" nennt und es häufig Erbrechen zur Folge hätte. Fips hatte einmal erzählt, dass er nach 100 Himmelsglorinchen einmal etwas Übelkeit gespürt hätte. Da sei Fips sich sicher gewesen. Und ein Mitschüler aus Krümelchens Klasse, hatte ihm erzählt, dass man zum Erbrechen „KOTZEN" sagt, dass das die Lehrengel aber nicht hören dürften. Sie hatten alle laut gekichert. Krümelchen hatte das damals sehr lustig gefunden. Bei dieser Dreherei allerdings war ihm nicht mehr zum Lachen zumute gewesen. Und prompt geschah, was geschehen musste. Kaum angekommen – mit einem harten Aufschlag in dem, was man jetzt noch Ei nannte und was in der nächsten Zeit sein Körper werden würde, hatte er sich übergeben müssen. Igitt! Das war wirklich nicht lustig gewesen und Krümelchen hatte an Fips und seine anderen Mitschüler denken müssen, die das damals so lustig gefunden hatten und bald eines Besseren belehrt werden würden. Diese Vorstellung allerdings hatte

Krümelchen wieder ein wenig amüsiert. Und so hatte Krümelchen begonnen sich einzurichten. Die erste Zeit hatte er viel geschlafen. Hier in seinem Haus, das sich, soweit er sich erinnern konnte, Fruchthöhle nannte. Hin und wieder war er geweckt worden, weil Mama – Krümelchen hatte gelernt, dass seine Mutter - die man auch Mama oder Mami nannte - ihn beherbergte, oftmals in schnellem Tempo irgendwo hinrannte und Übelkeit spürte. Mit Kotzen! Krümelchen hatte das Wort Mama viel schöner gefunden, als Mutter. Und Krümelchen hatte Mama liebgehabt. Von Anfang an. Mama hatte eine schöne Stimme gehabt. Und das Haus in Mama war warm und weich gewesen und hatte viel Platz zum Wachsen geboten. Auch wenn Krümelchens Körper nur langsam gewachsen war und seine Sinne und Fähigkeiten, die er mit der Zeit bekommen würde noch nicht so ausgeprägt gewesen waren, so waren seine seelischen Aufnahmefähigkeiten noch umso filigraner gewesen. Deshalb hatte er von Beginn an die Stimmen seiner Eltern hören können – sie genießen können – sie lieben gelernt. Er hatte sich wohlgefühlt. Und genau deshalb, war er sicher gewesen keine Fehler gemacht zu haben. Er hatte sich auch nicht zurückgewünscht oder fremd gefühlt. Im Gegenteil. Krümelchen wollte einfach nur sein, wo er war. Hier bei den Eltern.

WARUM ALSO WAR ER WIEDER HIER?

Warum saß er wieder hier im Seelenkinderzimmer? Irgendetwas stimmte hier ganz und gar nicht. Warum war es nicht so gekommen, wie Krümelchen es gelernt hatte?

Der Glühwein hatte ihr nicht gutgetan. Sie fühlte sich flau und ihr Magen schmerzte. Ihr Terminplan für den kommenden Tag, war vollgefüllt. Doch an Schlaf würde sie heute nicht einmal denken können. Vorsichtig wand sie sich aus dem Bett. Adam schlief bereits tief und fest und Laurie warf einen Blick auf sein goldblondes Haar, das im lauen Licht ihres Nachttischlämpchens glänzte und welches sie so sehr liebte. Wie oft hatte sie sich in den letzten Monaten gefragt, ob ihr kleiner Liebling wohl Adams Haare geerbt hätte. Sie hatten sich dieses kleine Wesen mehr gewünscht, als alles andere. Hätte sie verhindern können, was geschehen war? Die Ärzte meinten nein. Aber was hätte es auch gebracht ihr etwas vorzuwerfen. Die kleine grüne Kiste unter ihrem Bett, ließ sich beinahe lautlos hervorziehen und Laurie presste sie fest an sich und schloss die Türe hinter sich. Sie wusste, dass ihr Mann es nicht gerne sah, wenn sie sich mit den schmerzhaften Erinnerungen zurückzog und stundenlang weinend auf das bereits trübe gewordene Ultraschallbild starrte. Doch manchmal sehnte sich ihr Herz genau nach diesen verzweifelten Stunden. Alles war so schnell gegangen, dass sie außer dem unsagbaren Verlustschmerz das Gefühl hatte, gar nicht recht realisiert zu haben, was passiert war. Sie brauchte die Tränen und das Leid um ihren Kummer wahrzunehmen. Sanft strich sie über das dünne Stück Papier und schluchzte, bis sie erschöpft auf dem Sofa einschlief.

Eine dicke Schicht Make-up tat ihre Dienste und verdeckte die Augenringe, die das Ergebnis der letzten Nacht waren. Adam hatte die Wohnung bereits verlassen und Laurie stand vor dem großen Spiegel im Badezimmer. Sanft strich sie über ihren Bauch Sosehr hatte sie sich gewünscht Mutter zu werden. Heute allerdings war sie aufgewacht und ein seltsames Gefühl war über sie gekommen. Was wenn sie nicht dafür geschaffen war eine Mutter zu sein? Vielleicht versuchte sie ja etwas aus sich zu machen, was sie einfach überhaupt nicht war. Konnte das denn sein? Konnte gerade sie, die schon seit ihrer Kindheit babysittete, nicht dafür geschaffen sein ein Kind zu bekommen? Oder war sie einfach nur zu zermürbt von allem was geschehen war? Die Zeit der Fehlgeburt – sie würde sich nie an dieses Wort gewöhnen können – hatte ihr sehr zu schaffen gemacht. Sie hatten schließlich viele Monate versucht schwanger zu werden, und als sie dann mit einem Mal den positiven Schwangerschaftstest in den Händen gehalten hatte, war es, als wäre ein Traum so plötzlich in Erfüllung gegangen, dass sie es kaum hatte realisieren können. So lange hatte das Bangen unfruchtbar zu sein schon an ihr genagt und innerhalb weniger Sekunden hatte sich alles geändert. Sie konnte sich noch gut an die unsagbare und nicht in Worte zufassende Freude erinnern, die sie wahrgenommen hatte. An den Glanz in Adams Augen, als er davon erfahren hatte. Laurie schlüpfte in ihren dicken Rollkragenpullover und atmete tief durch. Denn sie wusste, dass sie diese Gedanken und Erinnerungen in letzter Zeit schon so oft hervorgekramt hatte. Und deshalb wusste sie auch wohin sie führten. Von dem einzigartigen Moment des Glücks hinüber zu dem allesüberschattenden und vernichtenden Nichts in das man fällt.

„Es tut mir leid, aber ich kann keinen Herzschlag wahrnehmen." Sie würde diesen Satz nie vergessen. Nicht den Blick ihres Arztes, nicht den Geruch des Raumes und nicht das Frösteln ihres Körpers. In ihr hatte sich alles gedreht. Das Blut war in ihren Kopf gestiegen und hatte einen Schleier über ihre Augen gelegt, die unaufhörlich Tränen produzierten. Alle Worte waren nur noch gedämpft an ihr Ohr gedrungen und sie war das Gefühl nicht losgeworden Ohrstöpsel zu tragen. Alles Gesprochene hallte in ihr nach. „Sie müssen sofort operiert werden." Moment! Hatte sie nur gedacht. Stopp! Das geht mir alles zu schnell. Was passiert hier? Danach war tatsächlich alles sehr schnell gegangen. Sie hatte Adam aus dem Wartezimmer geholt. Er und ihr Gynäkologe hatten sich unterhalten. Viele Worte…alles hatte sich in ihrem Kopf gedreht. „Sie bekommen eine Vollnarkose und dann…" Ich will keine Narkose hatte sie schreien wollen. Ich will das alles nicht. Ich will nicht hier sein und ich will nichts hören…ich kann das nicht fassen…das kann nicht wahr sein….ich will alleine sein….ich will in kein Krankenhaus….All das hatte sie schreien wollen. Das Gefühl loswerden, dass jeder über sie und ihren Körper bestimmte. Dass ihr die Dinge aus den Händen glitten, dass sie hilflos war. Doch aus ihr war kein Laut gekommen. Nicht einmal ein Räuspern. Sie war erstarrt gewesen und ihr Kopf hatte immer nur unaufhörlich genickt. Sie hatte sich förmlich dabei zusehen können. Ihr Außen hatte reagiert. Auf eine skurrile Art und Weise funktioniert. Doch ihr Inneres war erschüttert. Durcheinander und verzweifelt. Sie hatte Angst. Furchtbare Angst. Doch was am Allerschlimmsten gewesen war, war, dass sie keine Zeit hatte. Keine Möglichkeit sich auch nur im Geringsten mit ihrer Situation und der Traurigkeit, die sich in ihr ausgebreitet hatte, auseinander zu setzen. Die Welt drehte sich weiter – schneller als je zuvor – und sie selbst war stehen geblieben.

Noch heute wurde ihr schwindelig, wenn sie zurückblickte. Weit über ein halbes Jahr war nun vergangen und sie war noch immer nicht schwanger geworden. Sie hatten es sich so sehr gewünscht. Ein Versuch hatte den nächsten gejagt und manchmal glaubte Laurie bereits eine Art Verpflichtung zur körperlichen Nähe in Adams Augen zu erkennen. Sie redete es sich ein – manchmal so sehr, dass sie wütend auf den Mann wurde, den sie so sehr liebte. Ein zermürbender und ergebnisloser Monat nach dem anderen und dennoch: kein Erfolg. Und auch wenn sie es Adam gegenüber nicht erwähnen wollte, so musste sie zugeben, dass sich in ihr bereits die Angst – nein eigentlich schon mehr eine Überzeugung - breit gemacht hatte, nach dem Eingriff nicht mehr schwanger werden zu können.

Krümelchen – Die Reise beginnt

Krümelchen versuchte sich zu fassen. Irgendetwas lief hier gewaltig schief. Er versuchte sich zu orientieren. R.S., da war er sich sicher. Von Weitem konnte er sogar das große Himmelsrohr erblicken, durch das er vor einiger Zeit noch zur Erde geblickt hatte. Krümelchen hatte ein seltsames Gefühl im Bauch. Er wusste nicht was es war, doch es nahm ständig zu und Krümelchen wünschte sich es schnell wieder loszuwerden. Es war kein gutes Gefühl. Soviel war ihm klar. Hier in der R.S. herrschte ein reges Treiben. Alle Seelenengelchen drängelten sich Richtung Reisepforte und Krümelchen fragte sich, ob er sich auch einfach einordnen sollte und dann alles in Ordnung kommen würde. Aber warum war er dann nicht einfach geblieben wo er war? Er wollte keine anderen Eltern. Ihm haben seine gefallen und er hatte sie liebgehabt. „Was tust du hier?" Ein fremdes Seelenengelchen rempelte ihn an. "Was meinst du?" „Dein Schein ist noch gelb. Du darfst hier gar nicht sein." Zum ersten Mal seit seiner erneuten Ankunft im Seelenkinderzimmer warf Krümelchen einen Blick nach oben. Das Engelchen hatte Recht. Über ihm glänzte es in strahlendem Gelb. Oh nein! Lange würde er hier nicht bleiben können. Engel Praezisicus würde das schneller auffallen, als er Himmelsglorinchen sagen könnte. Vielleicht war das Himmelsrohr ja die Lösung. Vorsichtig schlich er sich durch die tummelnde Menge. Schnell, schnell…nur nicht auffallen. „Moment! Wirst du wohl hierbleiben." Praezisikus stand groß und breitschultrig vor ihm. „Du hast hier nichts zu suchen. Wie bist du eigentlich hier hereingekommen?" Mit ihm war nicht zu spaßen – das wusste Krümelchen. Er hielt sich stets an seine Anweisungen und in Krümelchens Fall hieß diese: Den Eindringling sofort zu entfernen und dort hin zu schaffen, wo er hingehörte. Die einzige Chance, die ihm blieb, war zu schildern, was geschehen war. Vielleicht sorgte er sich ja völlig umsonst und das große Missverständnis der Rückreise würde sich schnell aufklären. Doch Praezisikus glaubte ihm kein Wort. „Du bist nicht das erste Seelchen, das hier Geschichten erfindet um schneller auf die Reise gehen zu dürfen. „Ungeduld" ist keine Tugend mein Kleines. Wer weiß, vielleicht ist genau das, der Grund, warum du noch nicht in der R.S angekommen bist." „Aber ich war doch schon..." Schwupps hatte ihn der große Wächterengel durch das Tor geschoben. Es hatte keinen Sinn. Man glaubte ihm nicht. Die großen, kuscheligen Wolken des Ruheraums waren leer. Alle Seelchen waren im Unterricht. Wenn ich hierhergehören würde, müssten sie mich doch suchen. Hosannia hatte immer eine Liste abgehakt. Das wusste Krümelchen genau. Bevor nicht alle in den Klassenzimmern saßen, konnte sie ihre Lehrstunde nicht beginnen. Wenn sie mich also nicht vermissen, muss das der Beweis sein, dass ich längst auf der Erde sein müsste. Er ließ sich in eine der watteweichen Wolken gleiten und begann nachzudenken. Was könnte ich nur falsch gemacht haben? Oder wollte mich Mama nun doch nicht haben? Nein! Das konnte nicht sein. Ich habe gespürt, dass sie mich liebhat. Ich weiß es! Es muss eine andere Erklärung geben.

Krümelchen musste für einen Moment eingenickt sein, denn um ihn herum war es mit einem Mal laut geworden. Alle Wolken hatten sich nach unten gebogen, was nur bedeuten konnte, dass Seelchen in ihnen kuschelten. Ein riesiges Stimmengewirr füllte den Ruheraum und gelbe, blaue und grüne Lichter flackerten nur so um ihn herum. Krümelchen versuchte sich noch tiefer in seine Wolke zu drücken. Die Angst womöglich noch eine Station weiter zurück geschickt zu werden war genauso groß, wie die Befürchtung, wieder in die R.S. gebracht - und dann anderen Eltern zugeteilt zu werden. Was war, wenn mittlerweile schon ein anderes Seelchen bei Mama und Papa war? Krümelchen wurde nervös. Im Unterricht hatten sie gelernt, dass es – sollte bei der ersten Reise ein Fehler geschehen - meist einige irdische Wochen dauerte, ehe den Eltern frühestens eine neue Seele zugewiesen wurde. Beruhigend und beunruhigend zugleich, verging die Zeit im Himmel, im Gegensatz zu Zeit auf der Erde, doch wie im Flug. Ich muss mich sputen. Wenn ich nur eine Idee hätte, was ich tun soll. „Hey!" Ein kleiner ihm so vertrauter blauer Schimmer umgab plötzlich seine Wolke. „Fips?!" Konnte das sein? Tatsächlich. Sein liebster und treuster Freund spitzte durch den Wolkenschleier. Krümelchen konnte sein Glück kaum fassen. Fips schien genauso überrascht wie er selbst zu sein, seinen Freund wieder im Himmel vorzufinden. „Was tust du denn noch hier? War dein Schein nicht schon längst rot geworden?" Hastig begann Krümelchen zu erzählen. Zum ersten Mal seit seiner Rückkehr hatte er das Gefühl ernst genommen zu werden und Hoffnung keimte in ihm auf. „Wow! Das ist ja irre!" „Ja.

Irre und schrecklich. Wenigstens glaubst du mir." „Warum sollte ich nicht?" „Praezisikus hat mir nicht geglaubt." „Na der olle Praezisikus ist auch nicht gerade der beste Ansprechpartner für derart unglaubliche Geschichten." Krümelchen musste lachen. Jetzt wo er Fips bei sich hatte, fühlte er sich plötzlich sicherer und selbstbewusster. „Was soll ich nur tun, Fips?" „Na das ist doch ganz klar. Wir müssen den Chef finden!" „Den Chef? Du meinst den lieben Gott? Da müssten wir ja durch hunderte Stationen und das, ohne erwischt zu werden. Denkst du nicht wir sollten lieber Hosannia…" „Nein", unterbrach ihn Fips. „Hosannia ist lieb und nett, aber was, wenn sie dir auch nicht glaubt? Dann wanderst du schneller als du denkst zurück in die A.S." „Du hast Recht, Fips." „Und du bist nicht alleine. Ich werde dich begleiten." „Ja?" „Natürlich! Das wird eine spannende Reise." „Leider habe ich keine Ahnung, wie wir uns zurechtfinden sollen." „Ich schon." Fips grinste wie nur Fips grinsen konnte. „Ich war vor Kurzem mit Drago, einem Mitschüler-Seelchen in der Himmelsbibliothek. Wir haben einen Himmelsatlas gefunden." „Und den durftet ihr ausleihen?" „Naja. Dürfen vielleicht nicht. Aber wir waren so neugierig und da haben wir ihn in unserer Glorinchen Tüte mitgeschmuggelt." „Fips!" „Ja - ich weiß…" „So kommst du nie in die R.S." Beschwere dich nicht. Immerhin ist der Atlas jetzt so etwas wie deine Lebensrettung." „Du hast Recht. Wo hast du ihn versteckt?" „In Hosannias Zimmer." „Was?" „Die einzige Wolke, die nie kontrolliert wird. Also los!" „Was hast du vor, Fips?" „Na du kannst Fragen stellen. Wir schleichen uns in Hosannias Wolkenzimmer, holen uns den Atlas, einen Vorrat an Glorinchen und natürlich Wolkenstaub für unseren Schein. Sonst leuchten wir wie die Glühwürmchen, wenn wir die anderen Stationen durchlaufen müssen." „Was ist ein Glühwürmchen?" „Haben wir heute gelernt. Das errätst du nie. Verrückte Tierchen sind das. Insekten mit eingebauten Taschenlampen und so. Komm ich erzähle es dir unterwegs." Krümelchen konnte nicht glauben, was er da hörte. Fliegende Lämpchen? Ob Fips das alles nur erfand? Manchmal neigte er dazu Geschichten zu erzählen. Einmal hatte er ihm weis machen wollen, dass es Tiere gab – Spinnentiere, oder so, hatte er sie genannt, die Netze aus ihrem eigenen Körper heraus herstellen können. Echte Fangnetze. Clemensius hätte ihnen das erzählt, weil einige in der Tierstation ja immerhin solche Spinnentiere werden könnten. Krümelchen war sich sicher, dass das wieder eines von Fips haarsträubenden Märchen gewesen war. Und jetzt das Ding mit den lebendigen Lichtern? Krümelchen beschloss nicht weiter darüber nachzudenken. Immerhin hatten sie jetzt einiges zu tun und das würde sicher nicht einfach werden. Hosannias Wolke war die Größte in der ganzen V.S. Obwohl sie meist in der A.S. beschäftigt war, lag ihr Wolkenzimmer doch hier um die Aufsicht und Stundenplaneinteilung der Schülerseelchen zu übernehmen. Diese Wolke bestand aus vier einzelnen Kammern und war, wie Krümelchen fand wunderschön. Sie war hellrosa beleuchtet, nur die kleine Schlafwolke schimmerte in zartem blau. „Du bist sicher, dass sie nicht hier ist?", flüsterte Krümelchen seinem Freund zu. „Sag mal – so lange warst du doch nicht weg. Du weißt doch, dass die Schülerseelchen jetzt ihre Mittagsruhe haben und sie sich um die Verpflegung in der Ankunftsstation kümmert. Schließlich treffen sich alle in einer Stunde zur Gemeinschaftsstunde und sie hilft Engelsschwester Katharina mit dem Fertigbacken der Himmelsglorinchen." Natürlich, Fips hatte recht. Krümelchen war so aufgeregt und wunderte sich, wie sein Freund sich in der momentanen Situation noch so gut konzentrieren konnte. Er war und blieb eben ein kleiner Schlawiner.

Auf Hosannias Schreibtisch stapelten sich Schülerhefte, die auf ihre Korrektur warteten. Der rote Stift lag griffbereit an einem Ende, die Lob- und Fleißstempel fein säuberlich geordnet in dem kleinen Holzkästchen am anderen Ende des Tisches. Vermutlich hatten sie das Arbeitszimmer betreten. In all den Regalen hier standen hunderte von Büchern – sie musste wohl gerne lesen. Außerdem Ordner, Zeitschriften und Mappen. Schülermappen nahm Krümelchen an. Er war sich nicht ganz sicher warum, aber vorsichtig begann er sie durchzusehen. Irgendetwas bewegte ihn dazu. „Was tust du da?" „Ich weiß auch nicht…aber" „Komm, wir müssen uns beeilen." „Das sind Schülermappen." „Ist doch egal was das ist. Ich habe den Atlas." Geschickt schob Fips ein paar der Bücher zur Seite und fischte die dahinter versteckte Kartensammlung heraus. „Los, verschwinden wir." „Warte…" Krümelchen wusste nicht was er suchte oder zu finden hoffte, doch es fühlte sich an, als wäre es richtig die Mappen noch einmal durchzusehen. Es waren sicher an die hundert Stück. Quasi aussichtslos dort ein Detail zu finden, von dem er nicht einmal wusste, ob es dieses gab. Trotz allem öffnete er die erste Mappe. Sie war blau. Sorgfältig blätterte Krümelchen durch die einzelnen Fächer, während Fips nervös vor sich hin zappelte. „Wie lange willst du denn noch herumtrödeln?" „Wenn du mir helfen würdest, ginge es sicher schneller." „Na gut." Fips zog Krümelchen die blaue Mappe aus der Hand. „Und nach was suchen wir?" „Ich habe keine Ahnung." „Na das nenne ich einen tollen Plan..." Krümelchen überhörte das gemurmelte Genörgel seines Freundes. Er hatte einmal gehört, wie seine Mama gesagt hatte: Sie habe da so ein Gefühl, als wäre etwas anders. Das war kurz nach Krümelchens Einzug in Mamas Bauch gewesen. Wenn sie damals recht hatte, warum sollte Krümelchen nicht auch so ein Gefühl haben. Er war sich sicher. So wie Mama damals. „Hey...Schau mal. Da steht ja mein Name, oder nicht?" Fips riss Krümelchen aus seinen Gedanken. Ja, tatsächlich. „FIPS" war dort in großen Lettern zu lesen. Fips – derzeit V.S.! Und dann folgten sämtliche Hausarbeiten, Prüfungspapiere und mehr. „Fips!! Du bist genial!" „Ach ja?" „Jetzt weiß ich wonach ich suchen muss." Krümelchen griff sich die erste der gelben Mappen. Wenn Fips in der blauen Mappe zu finden war, dann doch sicher, weil er mit seinem blauen Schein als Tier zur Erde geschickt werden sollte. Sein Schein war gelb. Irgendwo mussten auch seine Unterlagen zu finden sein. Und Krümelchen hätte alles gewettet, dass sie in einer der gelben Mappen zu finden waren. Doch die Suche blieb erfolglos. Es musste eine halbe Ewigkeit vergangen sein, als die beiden endlich die letzte Mappe der *aktuellen* Schülermappen zurück in das Regal stellten. „Sei nicht enttäuscht", murmelte Fips. Es war einen Versuch wert. Krümelchen aber war enttäuscht. Er war sich so sicher gewesen. „Lass uns den Wolkenstaub holen und endlich verschwinden." Fips war mittlerweile so hibbelig, dass Krümelchen nicht mehr wagte ihm zu widersprechen. Und er war es zu Recht. Die Himmelsuhr zeigte bereits auf die große Schreibfeder. Was bedeutete, dass alle Schülerseelchen gleich in den Aufgaben Saal stürmen würden um ihre Schularbeiten zu erledigen. Und was noch schlimmer war – diese Zeit war Hosannias Pause. Sie zog sich dann immer in ihr Wolkenzimmer zurück und verließ es erst wieder, wenn die Uhr an der großen Teetasse vorbeigezogen und auf dem Teddybärensymbol angekommen war. Denn dann war Spielzeit in der A.S. und der V.S. und Clemensius und Hosannia hatten beide Hände voll zu tun, die kleinen, regen Seelenengelchen zu beaufsichtigen. Auch andere Engel waren dafür eingeteilt. Dennoch waren sie die Dienstältesten und damit bei jeder Spielzeit anwesend. „Ok, gehen wir." Ein Wolkensäckchen voll Glorinchen unter den Armen, jede Menge Wolkenstaub-Beutel in den

Händen und den großen Atlas hinter sich her schleifend, eilten die beiden Richtung Ausgang. „Bst." Fips blieb so abrupt stehen, dass ihm Krümelchen in den Rücken lief: „Au!" „Entschuldige, aber was ist denn?" „Hörst du das nicht?" „Nein." „Da kommt jemand! Zurück!" „Aber wohin denn?" „In den Schrank. Bei der Schlafwolke! Los! "Sie rannten so schnell sie konnten und erst, als sie beide zwischen bunten Tüchern, die Hosannia täglich um den Hals geschlungen trug, Decken aus Schafswolken-Garn und weißen, bestickten Seidenkleidern saßen und versuchten die Schranktüre so fest wie möglich von innen zuzuhalten, vernahm Krümelchen das Stimmengewirr und die herannahenden Personen, die Fips schon Sekunden vorher wahrgenommen hatte. Sein Freund war definitiv dafür geschaffen einmal als Tier auf Erden zu verweilen. Seine „Instinkte" – einer der Lieblingsbegriffe von Engel Faunikus – waren so viel besser ausgeprägt als die seinen. „Hier – nimm ein bisschen Wolkenstaub", flüsterte Fips. Sonst verraten unsere leuchtenden Scheine uns noch. Die strahlen sicher durch diese Türe hindurch." Krümelchen tauchte seinen Kopf tief in die Tüte, die sein Freund ihm entgegenhielt. Und tatsächlich. Mit einem Mal war es finster um sie herum und sie konnten nur noch hören, wie Hosannia Engel Clemensius einen Goldblütentee anbot und der dankend annahm. „Oh Mann...die werden doch nicht die ganzen zwei Himmelsstunden hier sitzen und Tee trinken." „Bst, Fips." Es war ein Geduldsspiel, doch es blieb ihnen nichts anderes übrig als auszuharren. Es war eng und ungemütlich und das Gespräch, das hinter den Schranktüren stattfand, ziemlich langweilig. Was Erwachsene so alles interessant fanden. Sehr seltsam dachte Krümelchen. Ob das auf der Erde wohl auch so war? Hier im Himmel hatte nun einmal jeder seine Aufgabe, doch dass die Lehrengel auch in ihrer Freizeit immer über ihre Pflichten sprachen, war doch nun wirklich zu viel des Guten. Ob die Zeit verstrich? Sie hatten keine Ahnung. Ein paar kleine Spalte waren zwar in den alten, knarrigen Schranktüren, durch die sie unbemerkt linsen konnten, doch Clemensius, der nicht gerade ein schlanker Lehrengel war, versperrte ihnen jede Sicht auf die Himmelsuhr. „Wenn der mal nicht so viel futtern würde...", murmelte Fips vor sich hin und Krümelchen hatte alle Mühe sich ein Lachen zu verkneifen. „Jaja, die Schülerseelchen werden immer erfinderischer, wenn es darum geht eine extra Portion Glorinchen zu erhaschen. Es ist schon verwunderlich, wie einfallsreich sie nur wegen ein paar Keksen sind", lachte

Hosannia. „Das ist wahr, meine Liebe. Aber es ist nun einmal das schmackhafteste Naschwerk überhaupt. Ich kann die Kleinen durchaus verstehen", hörten sie Clemensius antworten. Krümelchen wurde langsam müde. Dieses ganze Gerede, die Dunkelheit, das Stillhalten. Wie schön wäre es, jetzt einzuschlafen. Damit es nicht passierte, versuchte er weiter dem Gespräch der beiden Engel zu folgen, auch wenn es ihm noch so langweilig erschien. „Oh natürlich...Ja, aber selbstverständlich." Ein Wortfetzen folgte dem nächsten. „Ich bin da ganz ihrer Meinung...ach wirklich..." Und auf einmal: „Ich werde gerne die abgelegten Mappen durchsehen. Die der letzten sechs Monate dürften genügen." „Das wäre sehr nett. Ich möchte nicht, dass es einen Fehler bei der Neueinteilung gibt." „Natürlich, lieber Clemensius. Gleich heute nach der Abendstunde werde ich mich darum kümmern." „Vielen Dank Hosannia. Und nun wieder ans Werk." „Ja, gehen wir." Tassen klirrten, die Stimmen entfernten sich. Stille kehrte ein auf der großen blassrosa Wolke und neben Krümelchen fing sich sein Freund an zu strecken. „Endlich! Sie sind weg. Raus hier!" „Hast du das gehört, Fips?" „Was denn?" „Alte Mappen. Da muss meine dabei sein. Das ist der Beweis." Krümelchen war aufgeregt. Sie hatten nur die aktuellen Mappen durchgesehen. Wenn er nun schon bei den abgelegten Unterlagen war, dann musste das doch bedeuten, dass ein Fehler geschehen war. Er mühte sich aus dem Schrank und steuerte abermals auf die Regale zu. Wo waren die abgelegten Mappen nur? Nach kurzer Zeit war Krümelchen fündig geworden. „Fips, sieh doch!" Da war sie. Krümelchens Schülermappe. Vorne auf prangte ein roter Stempel. „AUF ERDEN" war in großen Buchstaben zu lesen. „Mann oh Mann! Das ist ja ein Ding!" Fips starrte auf das Deckblatt. „Ich werde es Praezisikus zeigen und er wird mich zurückschicken." „Nein. Tu das nicht. In den alten Akten sind auch alle Seelchen, die bewusst wieder hier gelandet sind. Das weißt du doch. Man wird dem nicht nachgehen. Du wirst einer anderen Familie zugeteilt werden, Krümel." Alle gerade noch empfundene Euphorie verschwand. Natürlich hatte Fips recht. „Ich will zu *meiner* Familie." „Ich weiß. Also lass uns losziehen."

Sie hatten sich – dem Wolkenstaub sei Dank - tatsächlich am Wächterengel Honorus vorbeischleichen können und das Seelenkinderzimmer verlassen. Hier im Wolkenpark, der von vielen Rückkehrengeln gehegt und gepflegt wurde, war es ganz anders als im Kinderzimmer der Seelenengelchen. Zwar leuchtete das Firmament auch hier in allen erdenklichen Farben und selbst der goldene und silberne Schimmer erstreckte sich über die große Ebene, doch hier wehte eine leichte Brise durch die Wolken. „Vermutlich, da der Park an die Wetterebene angrenzt", meinte Fips. Krümelchen wusste es nicht. Es war ihm auch egal, denn er fror. Die Engel, die hier umherflogen, hatten keinen Schein über ihren Köpfen, vielmehr glitzerten und funkelten ihre Kleider wie Sterne. Krümelchen kannte die Sterne und den Mond. Lehrengel Astronomus hatte sie alle durch das goldene Rohr im Astrologie-Turm blicken lassen. Sie waren wunderschön. Und so riesig. Große runde leuchtende Kugeln. „Von der Erde aus, werden sie euch wie winzige, funkelnde Punkte erscheinen", hatte er gesagt und Krümelchen hatte sich nicht vorstellen können, wie das wohl sein würde. Die Kleider der Engel hier erinnerten ihn an genau dieses Funkeln, das er damals hatte bewundern dürfen. Es war nicht nur wunderschön, sondern auch sehr praktisch für sie beide, denn Fips, mit seinem fantastischen Sehvermögen, erkannte jeden herannahenden Engel schon von Weitem. Zudem konnte man nicht gerade von emsigem Treiben im Wolkenpark sprechen. Diese Ebene schien so riesig zu sein, dass nur dann und wann ein Engel an der Wolke vorbeiflog, die sie sich zum Schlafen auserkoren hatten. Wie eine riesige glitzernde Hügellandschaft lag der Park da. Hier und da bunte Angelus-Blüten, die mit ihrem schmackhaften Blütensaft zum Süßen der Himmelsglorinchen benutzt wurden. Krümelchen liebte die Angelus-Blüten. Es gab sie in allen erdenklichen Farben und ihre Blätter glitzerten und funkelten. Krümelchen mochte die blauen und roten besonders. Sie waren wunderschön, wie sie dort standen, bestimmt sechs Seelenengelchen - Füßchen hoch, und ihre Köpfchen wie Glocken vorne über neigten. Als Fips und Krümelchen an einem ihrer unterrichtsfreien Tage mit Faunikus einen Blick in den Wolkenpark hatten werfen dürfen, war er in Versuchung gekommen eine der zarten Blumen zu pflücken. Aber Faunikus hatte ihn abgehalten. „Erst wenn das Glitzern schwindet, mein kleines Engelchen", hatte er zu ihm gesagt. „Erst dann, dürfen wir die Blüten sammeln und ihren Blütensaft verarbeiten." Krümelchen hatte es nicht auf den Nektar der Blüte abgesehen, er hatte das wunderschöne Gewächs einfach nur bei sich haben wollen. Glitzernd und strahlend. Doch er hatte es dabei belassen. Sicher fühlte sich die Blume genau dort wohl, wo sie war. Stundenlang hätte er die wunderschönen Gewächse betrachten können, genau wie die großen, goldenen Stränge, die sich an den Wolken emporrankten und so hoch waren, dass es schien, als würden sie niemals enden. An ihnen prangten überall Seelenengelchen-Faust große goldene Kugeln. Wie gern hätte Krümelchen eine von ihnen an sich genommen, doch von ihren Besuchen in der Himmelsgärtnerei wusste er, dass sie mit speziellen Werkzeugen abgenommen werden mussten, um die Pflanze nicht zu verletzen. Danach wurden die reifen Goldkugeln zur Himmelsbäckerei gebracht, gespalten und das darin enthaltene Pulver gesammelt und in Tüten abgefüllt. An mehr konnte Krümelchen sich nicht mehr erinnern, denn dieser Tag in der Bäckerei war jäh vom Gejammer eines seiner Mitschüler unterbrochen worden, der heimlich dutzende Himmelsglorinchen genascht hatte. Doch all diese Erinnerungen mussten seinem jetzigen Ziel weichen. Beeilung war angesagt. Und so huschten Fips und er schnellstmöglich von Wolke zu Wolke. Der Wolkenstaub leistete noch immer seine Dienste. Dennoch würden sie mit ihrer kleinen Statur und ohne glitzernde Kleidung sofort enttarnt werden. Sie mussten also vorsichtig sein. Zum Glück schwebten jede Menge dicke, bauschige Wolken herum, so dass es kein größeres Problem darstellte, sich tief genug hinein zu kuscheln und somit nicht entdeckt zu werden. „Was für ein Abenteuer!" Fips schien Spaß an ihrem Vorhaben zu finden. „Ich hoffe, dass du wegen mir nicht erwischt wirst." „Wie kommst du darauf?" „Naja, nach dir werden sie nicht suchen. Nach mir schon." Daran hatte Krümelchen noch gar nicht gedacht. „Aber ohne dich würde ich das alles hier gar nicht schaffen. Alleine die Idee mit dem Wolkenstaub. Wie bist du eigentlich draufgekommen?" „Das war Glück. Du weißt ja, dass immer, wenn ein Seelenengelchen einschläft, sein Schein für diese Zeit erlischt. Einmal zur Bett-geh-Zeit konnte Samson nicht einschlafen. Er hatte zu viele Himmelsglorinchen verputzt. Wegen des hellen Lichts seines Scheines konnten auch wir anderen nicht einschlafen. Nichts half. Aufsichtsengel Silencia wusste sich nicht mehr zu helfen und so ließ sie Samson sein Köpfchen in eine Tüte Wolkenstaub stecken. Der Staub legte sich über das Licht und voila! Alle konnten schlafen. Außer Samson. Der Arme lag die ganze Nacht wach. Daran war aber sein voller Bauch schuld und nicht der Wolkenstaub. Vor dem Frühstück musste er den Wolkenstaub abwaschen und Silencia sagte, dass sie ihn sonst zwei

Tage nicht mehr zuordnen könnten. Also hält der Staub wohl so lange an. Perfekt für uns. Und ich habe noch die ganze Tüte voll. Im Übrigen werden sie auch nach mir erst frühestens in zwei Tagen beginnen zu suchen. Ich habe die letzten Wochen in der Glorinchenbäckerei geholfen. Natürlich um selbst naschen zu können. Aber weil ich so fleißig war, habe ich zwei Tage unterrichtsfrei bekommen. Deine Rückkehr war also perfektes Timing." Krümelchen bewunderte Fips Kombinationsgabe und seine Abenteuerlust, doch im Moment konnte er nur daran denken wie sehr er fror. „Ist dir denn nicht kalt?" Fips sagte nichts. Er kuschelte sich fest an seinen Freund und nutzte das letzte Licht am Firmament um noch einen Blick in den Atlas zu werfen. „Ich lese dir vor, was hier steht. Das lenkt dich von der Kälte ab. Hier steht:

Die Rückkehrengel im Wolkenpark sind Seelen, die nach ihrem Leben auf der Erde, hierher zurückgekehrt sind. Die Rückkehrengel verteilen sich im ganzen Himmelsreich. Manche gehen irgendwann erneut auf die Reise. Die Engel im Wolkenpark sind jene Rückkehrengel, die schon bald wieder in das Seelenkinderzimmer ziehen um den Weg ihrer Reise erneut zu beschreiten. Auch Lehrengel und Ammenengel haben schon ihre Zeit auf Erden verbracht. Allerdings kehren sie nicht mehr zurück. Sie bleiben hier und werden fester Bestandteil im Himmelsgefüge.

Da steht auch noch…Krümel??" Aber Krümelchen war eingeschlafen. Fips kuschelte sich noch enger an seinen Freund und bald wanderte auch er mit seinen Gedanken in die Traumebene.

„Du bist schwanger? Das ist wunderbar, Viola. Ich freue mich so für euch. Du wirst sehen, alles wird ganz wunderbar werden."

Laurie legte auf. Ein bitterer Geschmack lag auf ihrer Zunge und leichter Würgereiz stellte sich ein. „Wer war es denn?" „Deine Schwester. Sie ist schwanger." Adam legte den Controller seines Videospiels beiseite und sah seiner Frau in die tränengefüllten Augen. „Laurie..." „Sie wollte es nicht. Ein Unfall sagt sie. Ein *Unfall*." „Schatz, komm her." Laurie konnte nicht. Sie klammerte sich an den Türrahmen, als ob er ihr einziger Halt vor dem Sturz in einen tiefen Abgrund wäre. „Sie hatte überlegt es nicht zu behalten." Ihre Stimme klang jetzt schrill und kam ihr selbst befremdlich vor. Laurie rang nach Atem. Ihr Blut pulsierte durch ihren Körper und der brennende Schmerz der Tränen, die sie zu unterdrücken versuchte, löste Schwindel in ihr aus. „Schatz..." Adam stand auf und kam auf sie zu. „Ihr Freund will es. Darum will sie versuchen sich mit dem Gedanken Mutter zu sein *anzufreunden*." „Laurie!" Adam war lauter geworden. Er versuchte zu ihr durchzudringen, doch Lauries Erschütterung saß zu tief. „Es werden noch viele Frauen um dich herum schwanger werden." „Was soll das denn heißen?" Jetzt schrie sie. „Etwa, dass ich mich nicht für andere freuen kann? Dass ich ein schlechter Mensch bin? Oder dass ich ohnehin ein hoffnungsloser Fall bin und mich endlich damit abfinden soll?" Laurie rannte ins Schlafzimmer und knallte die Türe hinter sich zu." „Schatz, jetzt ist es aber genug. Du weißt genau, dass..." „Wage es nicht hereinzukommen!", unterbrach sie ihn. Sie wusste nur zu gut, dass all die Dinge, die sie ihrem Mann gerade vorgeworfen hatte, in Wahrheit *ihre* Gedanken waren. *Ihre* Ängste. Und dass Adam, selbst wenn er gewollt hätte, gar nicht zu derartigen Gedankengängen fähig gewesen wäre. Er war unglaublich klug, doch was Gefühle und die Verletzlichkeit der menschlichen Seele anbelangte, sehr einfach gestrickt. Laurie liebte genau das an ihm. Er dachte nicht so tiefgründig. Nicht so empathisch wie sie. Er nahm die Dinge wie sie waren. Er war damit sicher nicht der beste Menschenkenner. Und sicherlich wäre er in einem sozial dominierten Beruf verloren gewesen. Doch gerade diese einfache Art mit den Menschen und dem Leben umzugehen, machte ihm das Leben oft wesentlich einfacher. Und er übertrug es auf sie. Er nahm ihr die bleierne Schwere des ständigen Denkens und Mitfühlens. Er brachte sie dazu ihr Leben nicht ständig zu verkomplizieren. Er war ihr Gegenstück. Doch in Momenten wie diesen, fühlte sie sich nur noch missverstanden. Sie war wütend. Auf ihn, auf sich. Besonders auf sich. Und der Sturm brauste auf, noch ehe sie etwas dagegen tun konnte. Sie riss ihre Halskette herunter, an der ein kleiner Schutzengel prangte. „Warum?", schrie sie. „Macht ihr euch über mich lustig?" Verzweifelt weinte sie sich in den Schlaf.

Krümelchen – *Die Reise*

Der Wolkenpark erwies sich als regelrechter Irrgarten. Dreimal schon waren sie losgewandert um zur Wetterebene zu kommen und hatten plötzlich wieder vor ihrer Schlafwolke gestanden. Beim ersten Mal war Krümelchen ungeduldig geworden und hatte Fips den Atlas abgenommen um selbst einen Weg zu suchen. Beim zweiten Mal, hatten sie gemeinsam eine Route ausgesucht. Jetzt standen sie erneut vor ihrem Schlafplatz und ein bisher unbekanntes Gefühl der Verzweiflung machte sich in Krümelchen breit. „Das ist nicht gut", hatte Fips gesagt. „Schlechte Gefühle gibt es im Himmel nahezu überhaupt nicht. Du bist schon voller Gefühle der Erdenbewohner. Deine Seele gehört nicht mehr hierher." „Das sage ich doch." „Wieso nutzen wir diese Gefühle nicht?" „Wie meinst du das?" „In meiner Klasse hat Engel Terricus gesagt, dass der stärkste Instinkt der Menschen, die Angst ist. Stell dir vor, man wäre hinter uns her. Wir haben nur noch eine Chance hier herauszukommen, bevor wir geschnappt werden. Vielleicht bringt uns deine Angst zum Ziel." Krümelchen konnte sich beim besten Willen nicht vorstellen, dass so ein schreckliches Gefühl, mit dem er noch überhaupt nicht richtig umgehen konnte, ihnen weiterhelfen sollte. Und er wollte dieses Gefühl auch gar nicht länger verspüren. Es war unangenehm. Es löste Übelkeit in ihm aus. Doch da war auch dieses Verlangen nach seiner Mama. Viel stärker als die Lust, die er immer verspürte, wenn er Himmelsglorinchen roch, und wenn diese Idee nun tatsächlich die einzige Chance war zurück zu seiner Mama zu kommen, so wollte er nichts unversucht lassen. „Gut, wir versuchen es." Es wollte zunächst nicht klappen. Bei jeder Weggabelung, hielten sie an und Krümelchen überlegte. „Nicht überlegen. So funktioniert das nicht!", schalt Fips. Und Krümelchen versuchte es aufs Neue. Es musste viel Zeit vergangen sein, als sie schließlich vor einem Wolkentor standen, das sie zuvor noch nicht gesehen hatten. Ein Tor, riesig und massiv. „Ich denke du hast es geschafft." „Meinst du?" Sie drückten sich tief in eine der hohen Wolken und blickten vorsichtig über den Rand. „Da sind Wächterengel." „Ja, und der Wind ist viel stärker geworden." In Krümelchen keimte Hoffnung auf. Und Müdigkeit. Die vielen bisher unbekannten Gefühle strengten ihn mehr an, als das ganze Abenteuer. Ob das Leben auf der Erde immer so war?

Die Wächterengel hatten dicke Umhänge mit großen Kapuzen über ihren glitzernden Gewändern. Sie mussten vor der Wetterebene stehen. Die warme Kleidung konnte nur bedeuten, dass es auf der anderen Seite noch kälter werden würde. Fips ahnte was Krümelchen dachte. Sie mussten irgendwo etwas Warmes ergattern. Es war nicht gut, wenn ein Seelenengelchen fror. Sie mussten kräftig sein und voller Elan für ihre bevorstehende Reise. Im Seelenkinderzimmer hing ein großes Barometer. Und ein Engel hatte immer dafür zu sorgen, dass die Temperatur nicht zu niedrig wurde. Hier war es um einiges kälter und wenn das so weiterging, würde Krümelchen, selbst wenn sie es schaffen würden bis in die glorreiche Ebene des lieben Gottes vorzudringen, nicht stark genug sein, um seine Reise anzutreten. Auf einmal öffnete sich das Tor. Zwei Engel wurden mit einem starken Luftzug regelrecht hereingeblasen. Sie trugen die gleichen Umhänge, wie die beiden Wächterengel vor ihnen. Nach ein paar Metern verschwanden sie in einer großen, etwas unförmigen Wolke und kamen etwas später wieder herausgeflogen. Allerdings trugen sie ihre Umhänge nun nicht mehr. Seltsam, dachte Krümelchen bei sich. Sie müssen sie abgelegt haben. „Denkst du das Gleiche wie ich?", flüsterte Fips ihm zu. „Das muss eine Sammelwolke sein." „Genau das meinte ich." Sammelwolken dienten der Himmelsordnung. Auf ihnen wurde alles verstaut oder abgelegt, was im Moment nicht gebraucht wurde. Im Seelenkinderzimmer gab es drei Sammelwolken. Dort sammelte man Spielzeug, Übungsmaterial und vieles mehr. So auch die Kittel und Schürzen der Lehrengel. Auch sahen die Sammelwolken etwas anders, als die üblichen Wolken dort aus. Irgendwie eckiger und unförmiger. Sie hatten immerhin ja auch eine Menge zu tragen. Die drei Wolken des Seelenkinderzimmers waren riesig wie Krümelchen immer fand. Einzig die Bibliothekswolke schien größer zu ein. So groß und zerbeult, dass sie einem hätte leidtun können. Hosannia hatte ihnen einmal erzählt, dass die Regenwolken ähnlich verformt waren und sich bei starker Belastung auch ihre Farbe veränderte. Die Seelenengelchen allesamt konnten das nicht so recht glauben. Jetzt wo Fips und Krümelchen einen winzigen Blick auf die Wetterebene werfen konnten, glaubten sie es sofort. Nahezu kein Licht drang zu ihnen. Kein Glanz und Glitzer. Keine hellen Scheine. Was Krümelchen das Gefühl gab, gleich noch etwas mehr zu frieren. „Eine Sammelwolke" unterbrach Fips seine Gedanken. „Ja. Eine Sammelwolke". „Dann lass uns doch mal sehen, was wir auf ihr finden."

Vorsichtig und stets darauf bedacht nicht entdeckt zu werden, schlichen sie langsam von Wolke zu Wolke Richtung Sammelwolke. Krümelchen hätte auch kein bisschen schneller sein können. Er hatte das Gefühl, dass die Kälte an seinen Kräften zehrte und seine Beweglichkeit einschränkte. Fips schien besser mit all den Veränderungen klarzukommen. Er war wendig wie schon zuvor. Und auch wenn er hin und wieder etwas müde wirkte, so waren seine Sinne geschärft wie eh und je. Krümelchen beruhigte das ungemein. Jetzt wo so viele menschliche Gefühle auf ihn herein prasselten, mit denen er noch nicht im Entferntesten umgehen konnte, fühlte es sich wohlig und warm an, dass Fips weiterhin der Alte war. Vielleicht hätte er ohne ihn schon aufgegeben, wäre zu Clemensius marschiert und jetzt auf dem Weg zu einer neuen Familie. Fips war sein Antrieb auf sein Ziel zu achten. Die Sammelwolke war vollgestopft mit sämtlichen Umhängen, Tüchern, Decken und etlichen Dingen, auf die Fips und Krümelchen sich keinen Reim machen konnten. Stangen, Seile, Planen und vieles mehr stauten sich nur so um sie herum. Krümelchen war heilfroh, als er sich endlich einen der wohlig warmen Umhänge überziehen konnte. „Sie werden uns trotzdem erkennen." „Was?" „Na die Engel auf der Wetterebene. Hast du nicht gesehen, wie groß sie waren?" Krümelchen überlegte. Erst jetzt, da Fips es erwähnte, rief er sich noch einmal das Bild der Wächterengel vor dem großen goldenen Tor vor Augen. Er hatte recht. Sie waren beinahe doppelt so groß wie die Engel der anderen Stationen gewesen. „Was sollen wir tun?" „Ich weiß es nicht. Ich muss nachdenken. Du bist nicht mehr so schnell. Die Kälte schränkt uns ein. Und die Wolken werden uns kein gutes Versteck mehr sein. Sie werden nass und schwer sein. Nicht mehr fluffig und wohlig, wie wir es kennen." Zum ersten Mal, seit dem Beginn ihrer aufregenden Reise, waren sie wirklich ratlos. Krümelchens neue Gefühle machten ihm immer mehr zu schaffen. Wenn Fips schon ratlos war, wie sollten sie ihre Mission dann noch erfolgreich zu einem Abschluss bringen können? Um sie herum stapelten sich leere Kisten. Wozu die wohl gut waren? „Beobachte alles um uns ganz genau. Faunikus sagt immer zu uns, dass darin der Schlüssel für alles liegt. Ruhe, Geduld und eine gute Beobachtungsgabe." Ob Faunikus damit recht hatte? Aber Fips schien davon überzeugt und so wollte Krümelchen es versuchen. Schließlich hatte er auch keine andere Wahl. Er wusste was er zu verlieren hatte und wollte nichts unversucht lassen. Schränke. Hunderte. Sämtliche Textilien, Stelzen... Stelzen? „Fips, wozu benötigen diese riesigen Engel Stelzen?" „Das ist es!" „Was? Denkst du sie sind doch nicht so groß, wie sie gewirkt haben?" „Doch natürlich. Sie sind riesig." „Aber..." „Das ist doch ganz egal. Es wird seinen Grund haben, dass sie groß sind. Nichts hier ist ohne Grund. Aber vielleicht reicht nicht einmal ihre Größe für manche Aufgaben aus. Verstehst du? Uns aber kommen die Stelzen wie gerufen. Ein Geschenk des Himmels." Fips lachte so laut über sein Wortspiel, dass Krümelchen fürchtete sie würden deshalb entdeckt werden. „Wir werden auch mit Stelzen noch kleiner sein, als die Engel der Wetterebene." „Ja, darum müssen wir jetzt ein Nickerchen machen. Am besten in einer der alten Kisten." „Ein Schläfchen? Warum? Wir haben keine Zeit, Fips." „Wir müssen sie haben. Wir werden Kraft brauchen um uns gegenseitig zu tragen. Und etwas Geschick." „Tragen? Oh..." Auf einmal begann Krümelchen zu verstehen.

Sie hatte sich beruhigt. Zumindest wütete es nicht mehr in ihr, so wie es das noch vor ein paar Stunden getan hatte. Nach einer gefühlten Ewigkeit der Verzweiflung und des Tränenmeers nach dem Anruf ihrer Schwägerin, hatte Laurie sich entschlossen spazieren zu gehen. Alleine. Adam hatte sich bereits wieder seinem Videospiel hingegeben und war, wie Laurie vermutete, sicher auch wütend. Er mochte es nicht, wenn das Vergangene sie einholte und sie in ihrer Gegenwart nur noch Verzweiflung wahrnehmen konnte. Jetzt, wo sie wieder etwas klarer denken konnte, wusste sie, dass er es nicht mochte hilflos zu sein. Er mochte es nicht, nicht mehr zu ihr durchdringen zu können und auf einen Felsen der Abwehr zu stoßen. Für ihn war das „Thema" abgeschlossen. Ein Prozess, der geendet hatte. Wenn auch unschön. Doch er war vorbei. Für Adam. Für Laurie sah die Welt anders aus. Adam wünschte sich zwar genau wie seine Frau auch, ein eigenes Kind, doch sollte das Schicksal ihnen ein Leben ohne Kinder bescheren, wäre es für ihn genauso in Ordnung. Als sie beide noch jung waren und frisch verliebt, war diese Einstellung die Voraussetzung für ihre gemeinsame Ehe. Sie liebten sich. Und nichts und niemand sollte daran etwas ändern können. Auch ein unerfüllter Kinderwunsch nicht. Bis vor Kurzem hatte Laurie auch gedacht, dass sie diejenige in ihrer Beziehung wäre, die das Thema Nachwuchs viel gelassener sah, als ihr Ehemann. Doch heute wusste sie, dass sie falsch lag. Etwas hatte sich geändert. Sie wusste, dass sie empfangen konnte. Dass ihr Mann zeugen konnte. Dass ihr Körper funktionierte. Und doch war es geschehen. Und es nagte an ihr. Manchmal, wenn sie sich in ihre Arbeit stürzte, schien der Schmerz so fern zu sein und sie hoffte, dass die innere Qual endlich ein Ende hätte. Doch wenn es Abend wurde und Adam auf der Couch neben ihr eingeschlafen war, begann der Spuk von vorne. Sie war es leid sich mit Freundinnen zu treffen oder auszugehen. Sie scheute alles, was sie einmal so genossen hatte und wollte am liebsten einfach alleine sein. Mit sich und ihren Gedanken. Mit sich und ihrer Traurigkeit. In der Natur gelang es ihr immer am besten wieder ein wenig zu sich selbst zu finden. Das war schon so, als sie noch ein kleines Mädchen gewesen war. Sie liebte den Wind in ihren Haaren, die eisige Luft des Winters und die Ruhe, die auf den weiten Wiesen zu liegen schien. Die alten Bäume auf ihrem Spazierweg, kamen ihr vor, wie ihre Verbündeten. Die, die schon so viel gesehen hatten. Egal ob Leid oder Freude.

Sie standen da. Stark und ungebrochen. Wenn auch mit so manchen Narben. Und mussten nicht sprechen, um zu verstehen. Sie wussten, wie sie sich fühlte und was in ihr vorging. Da war sie sich sicher. Adam hätte sie das nicht erzählen dürfen. Er hätte ihr nur ein schiefes Lächeln und rollende Augen entgegnet und ihr, mit einem lieb gemeinten Räuspern, zu verstehen gegeben, dass er ihren Kinderkram zwar akzeptiert, aber für bloßen Unsinn hält. Der Mann der Fakten. Wunderbar, aber nur empfänglich für das Offensichtliche. Sie genoss diese Momente für sich alleine. Nicht jeder Moment war zum Teilen gedacht, da war sich Laurie sicher. Die Natur war ihre Zuflucht, wenn selbst ihr Ehemann die Ruhe in ihr nicht mehr herzustellen wusste. Sie musste sicher zwei Stunden gelaufen sein. Die Kälte brannte in ihrem Gesicht und Feuchtigkeit kroch langsam unter ihren Parka. Der Januar in diesem Jahr war ein kalter Januar. Ein rauer Monat in jeglicher Hinsicht und auch wenn die kühle Jahreszeit und die karge Natur in Lauries Augen ihren ganz besonderen Charme hatte, so begann sie sich mit einem Mal nach dem Frühling zu sehnen. Einem Neuanfang. Der Wärme der ersten Sonnenstrahlen und dem Zwitschern der Vögel.

Laurie dachte an die vergangenen Tage. An das schmerzliche Weihnachtsfest, das noch immer so sehr an ihr nagte. Sie war froh, dass sie erst jetzt von der Schwangerschaft ihrer Schwägerin erfahren hatte. An den Feiertagen wäre es noch unerträglicher für sie gewesen. Vor allem das für die Weihnachtsfeiertage übliche Familientreffen hätte eine große Hürde für sie dargestellt, von der sie sich nicht sicher war, ob sie sie hätte meistern können. Die Festtage waren schlimm genug gewesen. Sie erinnerte sich daran, wie sie zu Beginn ihrer Schwangerschaft daran gedacht hatte, wie schön es sein würde, ihr erstes Weihnachtsfest als Mutter verbringen zu dürfen. Unter dem Weihnachtsbaum mit ihrem Baby im Arm. Sie wischte sich ihre Tränen aus dem Gesicht. *Hör auf damit, Laurie!* Ermahnte sie sich selbst. Das quält dich doch nur. Ihre Eltern hatten alles versucht um Adam und ihr den Heiligabend so schön wie nur möglich zu machen. Und es war schön gewesen. Doch Laurie war traurig. Daran konnte niemand etwas ändern. Auch Adam nicht, der den ganzen Tag über versucht hatte extra lustig zu sein und sich selbst in eine große, rote Glitzerschleife gewickelt unter den Weihnachtsbaum gelegt hatte. Es hatte nicht geholfen. Sie hatte sich zwar ein Lächeln abringen können, insgeheim hatte sie sich aber immer wieder in ihr Bild der „Kleinen Familie unter dem Weihnachtsbaum" geflüchtet.

Auf Lauries Wunsch hin, hatten sie Silvester dann zu zweit verbracht. In Ruhe und ohne Party. Adam war nicht traurig darüber gewesen, war er doch noch nie ein großer Fan solcher Feierlichkeiten. Sie hatten gut gegessen, Brettspiele gespielt, einen Film angesehen und um Mitternacht gemeinsam angestoßen. Von dem großen Panoramafenster ihrer Wohnung aus, hatten sie dann das Feuerwerk betrachtet und sich geküsst. Sogar eine romantische Nacht hatten sie miteinander verbracht. Und es war seit Monaten die erste gewesen, die entspannt und fern des Themas „Schwangerschaft" stattgefunden hatte. Doch mit dem Ende der Nacht, war die Sehnsucht zurückgekommen. In ihre Gedanken vertieft, begab sie sich auf den Heimweg. Ein warmes Bad – nein, ein heißes Bad. Ja, das würde sie zuhause nehmen. Schließlich war sie ja nicht schwanger und konnte es sich erlauben. Sie wischte sich noch einmal mit dem Handrücken über ihr Gesicht und bog in ihre Straße ein. Heute Abend würde sie Sushi essen. Oder ein blutiges Steak. Auf jeden Fall etwas, was sie schwanger nicht essen dürfte. Ja, das würde sie tun.

Krümelchen –Die Reise

Keine Ahnung wie lange sie geschlafen hatten. Sicher länger, als beabsichtigt. Denn auch wenn Krümelchen noch etwas fror, so fühlte er sich doch prima ausgeruht und voll neuer Kraft. Sie hatten sich eine Kiste in der hintersten Ecke der Sammelwolke gesucht, sich hineingelegt und mit einem großen Stapel Decken und Tüchern bedeckt. Es war gemütlich gewesen, so eng aneinander gekuschelt und Krümelchen war sofort eingeschlafen. Von der Müdigkeit übermannt, hatten sie keinen Gedanken daran verschwendet, ob womöglich einer der Wächterengel kommen und sie in der Kiste entdecken könnte. Schließlich hätte das durchaus sein können, hatten sie doch keinen Schimmer, wozu all die leeren Kisten gut waren. „Irgendeinen Sinn werden sie schon haben", hatte Fips gestammelt, bevor er eingeschlafen war. Krümelchen für seinen Teil, war nicht mehr in der Lage gewesen darüber nachzudenken. Das Abenteuer hatte an seinen Kräften gezehrt und er hatte es beinahe wie eine Erlösung empfunden, endlich schlafen zu können. Fips war immer noch nicht ganz wach. Er gähnte und streckte sich und hatte es noch nicht geschafft seine Augen zu öffnen. „Fips, wir müssen weiter. Ich weiß nicht wie lange wir geschlafen haben und ich will keine Zeit mehr verlieren." Sie warfen sich jeder einen Umhang über. Krümelchen stellte sich auf die hölzernen Stelzen und Fips nahm auf seinen Schultern Platz. „Wow, Fips...wie viele Glorinchen hast du denn in letzter Zeit verdrückt? Ich weiß nicht, ob ich dich lange so halten kann." „Ich habe doch sicher schon abgenommen, bei dieser ganzen Abenteuerreise hier. Außerdem: Du musst durchhalten. Da wird dir nichts anderes übrigbleiben. Keine Angst. Wir wechseln uns ab." Krümelchen war sich noch nicht sicher, ob das wirklich beruhigend war. Aber mit einem hatte sein Freund recht: Sie hatten keine andere Wahl. Etwas schummrig wirkte die Seite hinter dem goldenen Tor. Sie saßen auf der kleinen Wolke, auf der sie schon bei der Beobachtung der Wächterengel gesessen hatten und blickten stur auf den Eingang zur Wetterebene. Auskennen mussten sie sich. Geduldig sein und so viel wie möglich beobachten, bevor sie sich in das kräftezehrende Abenteuer stürzten. Kalte Luft schlug ihnen immer wieder entgegen, sobald sich das Tor auch nur einen Spalt breit öffnete. Fips glaubte die Nässe zu riechen und zu fühlen. Da sie nicht wussten, wie lange sie geschlafen hatten, tauchten sie ihre Köpfchen noch einmal in den Wolkenstaub. Das Licht in der Wetterstation schien eher fahl zu sein und jedes Glänzen oder Leuchten wäre verräterisch. In regelmäßigem Abstand kamen Wächterengel durch das Tor geflogen und ein jeder verschwand direkt in der Sammelwolke. Etwas später kehrten aus der Sammelwolke zwei neue Engel zur Wetterebene zurück. Es war immer das gleiche Schauspiel und irgendwann wisperte Fips: „Die nächsten sind wir. Wir müssen nur schneller sein, als die neuen Engel, die zurückkehren." „Aber Fips, wir werden nur *Einer* sein." „Etwas Risiko muss sein." Wieder spürte Krümelchen das unangenehme Drücken, das ihn seit seiner Rückkehr ins Himmelsreich begleitete. Das *Menschliche* das sich bereits an ihn gehaftet hatte und ihn seither nicht mehr losließ. „Es geht los." „Für meine Mama." „Ja, für deine Mama." Den Umhang über ihnen zu schließen, klappte überraschend gut." Die Stelzen machten das Ganze schwieriger, doch Krümelchen tat, was in seiner Macht stand. Fips war erstaunlich ruhig, beinahe starr. Er versuchte es seinem Freund so leicht wie möglich zu machen ihn zu tragen. Das Tor öffnete sich langsam. Kalter Regen prasselte ihnen entgegen und der Luftzug kippte Krümelchen fast von den Stelzen. Vorsichtig traten sie durch die Pforte. Auf den ersten Blick war kein Kontrolleur der Ebene zu entdecken. Zumindest konnte Krümelchen durch den kleinen Spalt in seinem Umhang niemanden erkennen. Was aber nichts bedeuten musste. Das Licht war tatsächlich erstaunlich gedämpft. Ein tiefes grau zog sich durch ihre Umgebung. Nur ab und an zog sich ein Blitz durch den Nebel, der dann alles für einen Atemzug in grelles rosa, gelb oder grün tauchte. So grell, dass es beinahe blendete. Im Gegensatz zu allen anderen Ebenen, die sie bisher betreten hatten, war es hier laut. Es grollte und raunte, manchmal zischte und knallte es. Eigene Worte wären sicher nur schlecht zu verstehen gewesen. Doch die beiden Freunde brauchten keine Worte. Sie wollten die Wetterebene nur so schnell wie möglich durchqueren. Das war der Plan. Das kleine Ziel, das sie zu bewältigen hatten. Schritt für Schritt bahnten sie sich ihren Weg tief durch das Chaos. Krümelchen versuchte sich so nahe wie möglich an ein paar nicht allzu schwarzen Wolken zu halten um nicht von den regelmäßigen Windböen umgestoßen zu werden. Noch war ihnen, soweit Krümelchen es beurteilen konnte, kein einziger Engel entgegengekommen. Einsam war es hier. Und kalt. Er fror, was weiter an seinen Kräften zehrte. Doch es gab hier keine Möglichkeit sich auszuruhen. Die Wolken hingen schwer über, neben und unter ihnen. Unter manchen von ihnen klemmten Stöcke, um den großen Guss, der aus den Dunkelsten herausschoss noch eine Weile aufzuhalten, nahm Krümelchen an. Die Ränder der Wolken bogen sich regenschwer über die Latten. Wäre es nicht so laut gewesen, hätte man das Holz sicher ächzen hören. Manche gaben plötzlich nach und ließen einen Wasserschwall hervortreten, der es Krümelchen erschwerte das Gleichgewicht zu halten. So wanderten sie lange Zeit durch die kalte Wetterebene. Jeder Blitz zwang sie zum Stehenbleiben. Alle zehn Schritte lang warfen sie einen Blick hinter sich, um nicht plötzlich von einem der neuen Engel überrumpelt zu werden. Zwar hatten sie einen schönen Vorsprung, wie Fips meinte, dennoch waren sie nicht gerade schnell unterwegs und ihr Vorsprung würde nicht sehr lange anhalten. Ihr Umhang war bereits vollkommen durchtränkt, als es Krümelchen mit einem Mal vorkam, als würde er in all der Unruhe, Stimmen vernehmen. Und er sollte Recht behalten. Vor ihm tummelten sich plötzlich zahlreiche Wetterengel. Sie schoben Wolken von einer Ecke in die nächste. Stützten die einen, leerten die anderen. Wassergüsse schossen durch die komplette Ebene um sich dann in verschiedenen Rinnen zu sammeln. Während einige mit der Verteilung und Bearbeitung der Wolken beschäftigt waren, waren andere dafür zuständig, die verschiedenen Rinnsale zu stauen oder zu öffnen. Manches wurde umgeleitet, in ein höher gelegenes Becken gepumpt und dort gesammelt. Dieses Becken war von hunderten von Wolken umgeben. Kleine Wolken wurden darin getränkt und zu den Verteilerengeln geschoben. Tausende gestapelte Wolken hingen über ihnen, manche so hoch, dass selbst die großen Wetterengel mit ihren Stangen sie nicht mehr erreichen konnten. Krümelchen dachte an die Stelzen, die ihn hielten. Dafür waren sie also. Doch wie sollte er sich und Fips durch dieses Gemenge bringen, ohne aufzufallen? Auf den ersten Blick machte zwar alles einen unglaublich chaotischen Eindruck, dennoch konnte man, bei näherer Betrachtung erkennen, dass jeder einzelne dieser Engel eine bestimmte Aufgabe hatte, die er dauerhaft und ohne zu zögern ausführte. Jeder, der seine Arbeit lange genug verrichtet hatte, wurde von den neu erscheinenden Engeln abgelöst und verließ die Wetterebene. Was also sollten sie tun? Viel Zeit zum Überlegen blieb ihnen nicht. Jeden Moment konnten sie entdeckt werden. Hätte Krümelchen sich doch nur mit Fips beraten können. Krümelchen wurde unruhig. Was würde Fips ihm sagen? Beobachten. Ja, beobachten. Was konnte er noch sehen?

Die letzten Tage waren nur so an Laurie vorbeigezogen. Dabei hatte sie stets das Gefühl gehabt in einer Art Nebelwolke festzustecken. Zwar erledigte sie ihre Aufgaben ordentlich und pflichtbewusst, doch wirklich „anwesend" fühlte sie sich nicht. Sie funktionierte eben. Das war aber auch schon alles. Alle ihre Erledigungen spulte sie ab, wie eine ewig vertraute Geste, doch widmete sie nichts und niemandem mehr Aufmerksamkeit, als unbedingt nötig. Es war ein ungewöhnliches, seltsames Gefühl, ihrem Alltag auf dieser Art und Weise zu begegnen, doch es war auch eine schmerzfreiere. Sie kam nicht in die Verlegenheit wieder einmal tief in sich und ihrer verwundeten Seele zu verschwinden. Sie ließ sich treiben. Zwar nicht entspannt und frei, so wie Christine, die Kursleiterin ihres Yoga-Kurses es immer beschrieb, sondern eher wie ein dicker Fels, der schwerfällig eine schiefe Ebene entlang kullerte, hin und wieder irgendwo hängen blieb und nur darum bemüht war nicht in tausend kleine Steinchen zu zerspringen. Dennoch war es ein „Treiben lassen" auf Gefühlsebene. Sie tauchte nicht mehr ein in ihren Schmerz oder ihren Kummer. In ihre Sorgen und Ängste. Sie versuchte sie vielmehr zu ignorieren. Jeder Psychologe hätte wahrscheinlich zu ihr gesagt, dass sie begann, sich in Verdrängung zu üben. Laurie aber entschied sich dafür ihren vernebelten Alltag als Ruhephase der Gefühle zu bezeichnen. Ob Adam sich immer so fühlte? Ob er im Dauernebel lebte. So dichtem Nebel, dass es ihm gar nicht möglich war, ihre Emotionen klar zu sehen, geschweige denn nachzuvollziehen? Möglich war das. Laurie war es egal. Zum ersten Mal seit langem versuchte sie einfach ihre Gedanken auf ein Minimum zu reduzieren. Manchmal natürlich durchbrachen ihre Ängste das Grau in ihrem Kopf und durchbohrten die zähe Nebelmasse wie kleine hinterhältige Stecknadeln, doch schafften sie es nicht, sich wieder in ihr auszubreiten. Sie arbeitete mit aller Kraft daran, ihre Gleichgültigkeit noch ein Weilchen zu behalten, auch wenn ihr näheres Umfeld sich langsam Sorgen deshalb zu machen schien. „Du musst den Schmerz zulassen", sagte ihre beste Freundin Rita dann zu ihr. „Du musst ihn leben." Na klar. Den Schmerz zulassen…meinetwegen, dachte Laurie dann immer. Ihn aber leben? „Hast du das schon einmal getan?", hätte sie ihre Freundin dann immer am liebsten gefragt. Weißt, wie sehr dieser Schmerz dich einnehmen kann? Wie sehr er dich zerreißt und an deiner Beziehung nagt? Laurie wusste, dass Rita es sicher nur gut mit ihr meinte. Trotzdem. Auf all diese schlauen Sprüche, aus sämtlichen Lehrbüchern und Psycho-Talkshows konnte sie verzichten. Sie hatte in ihrem Beruf schon genug mit psychisch belastenden Situationen zu tun, da konnte sie gut ohne sämtliche theoretisch ach so wundervollen Sätze, die an der Realität nichts änderten, leben. Natürlich betrachtete sie im Moment alles mit einer extra Portion Sarkasmus. Vielleicht mit einer zu großen Portion. Doch das war ihre Art sich gegen ihren Schmerz zu wehren. Ihre Laurie Art. Schließlich war es auch ihr Kind, das sie verloren hatte. Ihr Kind, das sie über alles geliebt hatte, ohne dass sie es je in ihren Armen hatte halten dürfen. Ihr Baby, das für die Ärzte und Schwestern der Klinik nur eine „Fehlgeburt" war. Ihr Eingriff, den man so unmenschlich sachlich als „Ausschabung" bezeichnet hatte – als wäre sie eine verdreckte Hülle, die man von Schmutzresten hatte reinigen müssen. Nicht mehr und nicht weniger. Dabei hatte man ihr das Liebste entfernt, was sie je besessen hatte. Und auch wenn das selbstverständlich die einzige Möglichkeit war, um ihr eigenes Leben nicht zu gefährden und außer Frage stand, dass es getan werden musste, so wehrte sich Laurie dagegen es als „Das Richtige" zu bezeichnen. Denn auch wenn es das war, fühlte es sich für sie nicht so an. Der einzige Mensch, der das begriffen hatte, war von Beginn an ihre Mutter gewesen. Bei ihr durfte sie weinen. Sie durfte schreien und wüten, aber auch einfach nur stundenlang an ihrer Seite schweigen. Mutter. Sie kannte diese Liebe. Diese unsagbare, unbeschreibliche Liebe, die nur eine Mutter empfinden konnte. Und die in ihrem Fall nur *ihre* Mutter empfinden konnte. Laurie stieg aus ihrem Wagen. Es war der erste Tag in diesem langen, kalten Winter, der die Sonne hervorblitzen ließ und sich fast schon warm auf ihr Gesicht legte. Zwar hatte sie ihrem Kummer die letzten Tage recht gut ausweichen können, dennoch sehnte sie sich immer noch nach dem Frühling. Darum hatte sie sich schon am Frühstückstisch dazu entschieden in ihrer Mittagspause in die Gärtnerei zu fahren. Wenn der echte Frühling zwar noch auf sich warten ließ, so wollte sie doch wenigstens etwas Frühling in ihre Wohnung holen. Sie war fest davon überzeugt etwas ändern zu müssen, um ihre Energie wieder in etwas Positives fließen zu lassen. Wenn sie eine Sache an ihrer eigenen Mutter schon immer besonders bewundert hatte, dann dass sie in jeder noch so schwierigen Lage wieder aufstand und erhobenen Hauptes eine neue Erfüllung suchte. Laurie war sich nicht sicher, ob sie dem Schmerz, der sie begleitete auch entkommen konnte, doch sie wollte sich nicht ihr Leben davon nehmen lassen. Dass hätte ihr Baby nicht gewollt. Da war sie sicher. Sie war es diesem kleinen Wesen schuldig, zumindest alles zu versuchen und kein verbitterter Mensch zu werden.

Die Orchideen in der kleinen Gärtnerei blühten in ihren schönsten Farben. Laurie hatte immer schon eine Schwäche für diese zarten und anmutigen Pflanzen gehabt. Sie betrachtete eine nach der anderen und entschied sich schließlich für zwei weiße und eine tief pinkfarbene Orchidee. Vorsichtig stellte sie sie in ihren Wagen, als plötzlich ein kleiner Junge um die Ecke gerannt kam und sie mitsamt ihrem Wagen anrempelte. „Hoppla, junger Mann", lächelte Laurie. „Oh bitte entschuldigen sie…", kam eine etwas gestresst wirkende Dame auf sie zu gerannt. „Es tut mir so leid." Zu ihrem Kleinen gewandt fuhr sie fort: „Liam, wie oft hatte ich dir schon gesagt, dass du durch kein Geschäft rennen sollst." Der Kleine schien sich allerdings nicht im Geringsten für die Ansprache seiner Mutter zu interessieren und huschte bereits um die nächste Ecke. Laurie musste schmunzeln. „Es tut mir wirklich sehr leid", wiederholte die Dame mit dem mittlerweile hochroten Kopf noch einmal. „Es ist doch gar nichts passiert. Sie müssen sich nicht entschuldigen", entgegnete Laurie. „Sehr nett von ihnen. Kinder. Sie kennen das ja sicher." Dann wandte sie sich um und verschwand. Laurie konnte sie noch „Liam! Liam!" rufen hören. *Sie kennen das ja sicher.* Die Worte hallten in Lauries Kopf nach. Nein eigentlich kannte sie das nicht. Und wieder machten sich die erbarmungslosen Stecknadeln bemerkbar. Wie konnte sie nur denken, dass ein paar Blumen ihre Welt wieder in die richtige Richtung lenken könnten. Hektisch stellte sie die Pflanzen zurück und verließ die Gärtnerei. Sie setzte sich in ihr Auto und starrte auf das Armaturenbrett. Sie atmete, als hätte sie einen Marathonlauf hinter sich. Nicht weinen. Nicht weinen. Nicht hier. Nicht jetzt. Immer und immer wieder sagte sie es sich vor. Ihr Kopf pochte und ihr Hals begann zu brennen. Sie öffnete die Fahrerscheibe. Kalte Luft drang in ihre Lungen. Einige Zeit saß sie so da. Was die Leute um sie herum dachten, kümmerte sie nicht. Sie wollte nur hier sitzen. Kämpfend gegen ihre Dämonen und ihren Schmerz. Erst als sie begann zu frieren, schloss sie die Wagenscheibe wieder. Sie griff nach dem kleinen Handspiegel in ihrer Handtasche auf dem Beifahrersitz und klappte ihn auf. Mit einem Taschentuch rieb sie sich die verwischte Mascara aus dem Gesicht. Ihre

Augen waren zwar rot, doch das würde sie in der Arbeit einfach auf ihre Kälteempfindlichkeit schieben. Vorsichtig glitten ihre Finger über die kleinen Fältchen an ihren Augenrändern. Sie hatte das Gefühl, in den letzten Tagen um Jahre gealtert zu sein. So durfte das nicht weiter gehen. Als sie den Spiegel zurück in ihre Handtasche steckte fiel ihr Blick auf ihr Handy, das unentwegt blinkte. Fünf Anrufe in Abwesenheit. Allesamt von ihrer Mutter. Oje. Sie hatte sie doch anrufen wollen. Sicherlich sorgte sie sich ungemein. Genau wie die Mutter des kleinen Jungen. Wie angespannt sie doch gewesen war. Zum zweiten Mal an diesem Tag stieg sie aus dem Wagen und betrat die kleine Gärtnerei. Sie lud die schönste und größte Orchidee, die sie finden konnte in ihren Einkaufswagen und begab sich zur Kasse. Wenn sie im Moment schon keine gute Mutter sein konnte, so wollte sie doch eine gute Tochter sein.

Krümelchen

„Hey! Du! Möchtest du nicht endlich mit anpacken?" Krümelchen zuckte zusammen. So sehr, dass Fips beinahe kopfüber von ihm heruntergefallen wäre. Der riesige Wetterengel durchdrang mit seiner Stimme selbst das laute Grollen hier. Na das hatte ihnen jetzt gerade noch gefehlt. Irgendwie hatten sie ja auch damit rechnen müssen entdeckt zu werden. Der Engel, der sie eben noch so harsch angesprochen hatte kam langsam auf sie zu. Krümelchen konnte durch den Stoff des Umhangs zwar nur seine Umrisse erkennen, aber er glaubte Unmut im Klang seiner Schritte zu erkennen. Fips zupfte und zerrte an ihrem mittlerweile vollkommen durchnässten Umhang – vermutlich, so glaubte Krümelchen zumindest, um die Kapuze weiter in sein Gesicht zu ziehen. „Willst du jetzt wohl endlich deiner Aufgabe nachgehen, oder geht es dir nicht gut? Dann lasse ich dich ablösen." Oh nein. Was sollten sie jetzt nur tun? Krümelchen fühlte sich erschlagen. Er war entkräftet von der Reise und dem Tragen seines Freundes. Dazu diese immer stärker werdenden Gefühle. *Ruhig bleiben* murmelte er vor sich hin. *Beobachte endlich.* Auch Fips schien langsam hibbelig zu werden, denn Krümelchen konnte ihn aufgrund seiner ruckartigen Bewegungen kaum mehr auf seinen kleinen Engelsschultern tragen. Plötzlich blitzte es heftig und für einen kurzen Moment wurde es so hell in der gesamten Wetterstation, dass alle Engel dort die Arme vor ihre Augen warfen. Natürlich, dachte Krümelchen bei sich. Sie sind die Helligkeit nicht gewöhnt. Aber wir sind es. Das ist es! Bitte, bitte noch ein Blitz flehte Krümelchen in sich hinein, während lauter Donnergroll durch die ganze Ebene schallte. Und tatsächlich. Ein weiterer Blitz. So stark und hell, dass Krümelchen es riskierte und Fips von seinen Schultern stieß. Ohne ein Wort zu sagen, packte er seinen Freund an den Händen und sprintete in Richtung des Tränkbeckens. Die Wetterebene erstrahlte im grellsten Gelb. Kurz darauf folgten noch fünf riesige Blitze, die lilafarbene Risse in das Himmelsgewölbe zogen. Fips und Krümelchen kauerten in einem Berg aus wohlig weichen Wolken hinter dem riesigen, hölzernen Tiegel, in den die kleinen fluffigen Wolken getaucht und mit Wasser getränkt wurden. Zwar standen um sie herum einige der Wetterengel im Getöse, aufgrund der grellen Blitze aber, hatte niemand bemerkt, wie sie sich über die kleine und enge Wolkenleiter nach oben geschlichen hatten. Hier – unter dem Bretterverschlag, der wohl als Stütze des riesigen Tränkebeckens diente, waren sie gut versteckt. Krümelchen zitterte. Doch nicht nur der Nässe und Kälte wegen. Für einen kurzen Moment, als er sich entschlossen hatte, dieses enorme Risiko einzugehen und inmitten aller Wetterengel einfach hierher zu fliehen, war seine Angst so stark angestiegen, dass ihm schwindelig geworden war. Ein Gefühl hatte ihn durchzuckt, dass er noch nie erlebt hatte und genau dieses Gefühl hatte bewirkt, dass Krümelchen in Windeseile entscheiden und lossprinten konnte, ohne auch noch einen Moment zu zögern. Es hat bewirkt das Unmögliche möglich zu machen, doch ließ genau dieses Gefühl ihn jetzt nicht mehr aufhören zu zittern. Fips neben ihm war erstarrt. Er saß dort so steif und still, dass Krümelchen, hätte er ihn nicht mit eigenen Augen sehen können, geschworen hätte, er wäre gar nicht da. Immer wieder faszinierten ihn die schon so weit ausgeprägten Fähigkeiten seines Freundes. Sicherlich war Fips nur noch hier im himmlischen Reich, weil seine Streiche und Schlawinereien ihm noch als Unreife ausgelegt wurden. Ansonsten war Fips Krümelchens Meinung nach, das geschickteste und talentierteste Seelenengelchen im ganzen Himmelreich. Ein Gedanke durchfuhr Krümelchen wie ein Blitz. Was, wenn Fips Schein inzwischen rot geworden war? Der Wolkenstaub ließ keinen Blick auf ihre Scheine zu und Fips konnte nicht wissen, ob sein Schein sich bereits verändert hatte. Was wenn er – Krümelchen- seinen Freund von seiner wichtigsten Reise abhalten würde? Von der wunderbaren Reise zu seiner - Fips - Mama? Ihm wurde schlecht. Was war denn das nun wieder? Ein großer Kloß breitete sich in Krümelchen aus. So groß, dass sein Zittern immer stärker wurde und er kaum mehr wusste, wie er sich auf seinen kleinen Beinchen halten sollte. „Was ist denn nur los mit dir?" zischte es neben ihm. „Hm...Was?" Krümelchen erschrak. „Na, was du hast? Erst schleifst du uns in einem Anflug von irrwitzigem Heldentum hierher – ehrlich gesagt stehe ich jetzt noch halb unter Schock – und jetzt, wo es geschafft ist, zitterst du wie Espenlaub und wimmerst vor dich hin." „Wimmern...ich?" Erst jetzt bewegte sich Fips vorsichtig in seine Richtung. Er wirkte besorgt. „Krümel, wir müssen uns beeilen. Du siehst nicht gut aus. Ich glaube dieser ganze menschliche Gefühlswirrwarr bekommt dir nicht gut. Die sorglose Himmelsruhe passt nicht zu deinen irdischen Emotionen. Das zehrt an dir. Du musst dich jetzt beruhigen." „Woher weißt du das alles, Fips?" „Keine Ahnung. Ich weiß es eben. Manches habe ich gelesen. Die Bibliothek ist ein toller Platz zum Verstecken spielen und Drago ist nicht gerade der beste Suchende. Da konnte es schon mal vorkommen, dass ich aus Langeweile gelesen habe, bis er mich endlich gefunden hatte. Weißt du eigentlich, dass es einen für Seelenengelchen *verbotenen Teil* in der Bücherei gibt? Dort gibt es Bücher der Erde. Ganz im Ernst. Du hast ja keine Ahnung, was man dort so liest." Fips schüttelte sich. „Igittich…manche Sachen…manche auch echt toll. Du ahnst ja nicht, welche Abenteuer gewisse Erdlinge da erleben…wow. Fast so wie wir jetzt." Fips Augen leuchteten. Und er hatte es geschafft. Er hatte geschafft, dass Krümelchen sich beruhigt. „Hey…du Held…und was machen wir jetzt zwischen all diesen Langinus-Engeln, unter diesem feuchten Wolkenswimmingpool?" Krümelchen hatte keine Ahnung. Er wollte nur aus dem Blickfeld der Wetterengel gelangen. Weiter hatte er nicht gedacht. Sie krochen etwas tiefer in den Wolkenstapel. Da die oberen Wolken herausgenommen wurden um getränkt zu werden, bestand die Gefahr, dass plötzlich einer der Wetterengel nach ihnen greifen würde. Der Stapel war tief und der zuständige Engel nicht gerade der Schnellste. Das war ihr Glück. „Der Weg nach oben, ist ausgeschlossen, denn selbst wenn wir so tief in die Wolke kriechen, dass man uns nicht sehen kann, werden wir mitsamt der Wolke ins Wasser getaucht. Noch weiter nach unten können wir auch nicht. Irgendwann werden wir die letzte Wolke erreicht haben und heraus purzeln." „So viel zu dem, was nicht funktioniert. Haben wir auch eine Lösung für das ganze Schlamassel?" „Naja, wenn ich mich richtig erinnere, sind wir von meiner rechten Seite hergekommen. Also bleibt links." „Kann links denn die rechte Seite sein?" Fips kicherte. Auch Krümelchen konnte sich ein Lächeln nicht verkneifen. „Wir müssen es riskieren, Fips." „So gefällst du mir! Diese Reise macht dich zu einem richtigen Draufgänger." „Na dann, nach links kriechen. Vielleicht können wir dort etwas sehen, das uns weiterhilft." „Zu Befehl!" Vorsichtig, aber zügig krochen sie von einer Wolke in die nächste. Das Ganze gestaltete sich nicht so einfach, wie die beiden Freunde es sich erhofft hatten. Durch die Unruhe, die auf der gesamten Wetterstation herrschte, prallten die kleinen Wolken stets aneinander und machten es Fips und Krümel schwer, sich auf ihnen zu halten. Immer wieder wurden sie hin und her geschubst und stießen häufig so heftig aneinander, dass sie beinahe beide aus ihrer jeweiligen Wolke herauskatapultiert worden wären. Hin und wieder schob sich auch eine andere Wolke direkt in ihr Sichtfeld und versperrte ihnen den Weg. Es war ein regelrechter Kampf durch die so eng zusammengepresste Wolkendecke. Krümel fühlte die Anstrengung. Erst die lange Strecke, die er seinen Freund auf den Schultern hatte tragen müssen und jetzt die Kletterei durch dieses Chaos. Zum ersten Mal seit Beginn ihrer Reise begann er zu zweifeln, ob es überhaupt möglich war, die glorreiche Ebene zu erreichen. Noch dazu für zwei so kleine und unerfahrene Seelenengelchen wie sie Beide. Er fühlte sich so erschöpft und schwer. Fips schien immer noch leichtfüßig durch die Wolken zu robben. Er hielt sein Gleichgewicht auch bei den stärksten Stößen ohne sich, so wie Krümelchen, an ihnen festkrallen zu müssen. *Denk an dein Ziel.* Mahnte sich Krümelchen. Er versuchte sich noch einmal die Stimme seiner Mama ins Gedächtnis zu rufen, aber es gelang ihm nur ein kleines bisschen. Er war zu schwach. „Dort!" Fips schien etwas entdeckt zu haben. Gemeinsam drängten sie sich auf die kleine Wolke, die Fips gerade betreten hatte. „Kannst du das auch sehen?" Sie waren in einem zweiten Sammelbehälter gelandet. Auch hier wurden Wolken getränkt. Vom Rande der untersten Wolke, auf der sie sich gerade befanden, warfen sie vorsichtig einen Blick nach oben. Zwei Wetterengel standen über ihnen. Genau wie auch schon am vorherigen Becken, tränkte einer die kleinen Wolken in einem Becken mit Wasser, doch diese Wolken wurden nicht an die untere Ebene weitergegeben. Sie wurden an den zweiten Engel gereicht, der sie dann in einen Tunnel schob. Der Tunnel war groß und säuselnde Luftgeräusche klangen aus ihm heraus. Seine äußere Hülle war mit etwas umgeben, das aussah wie Kristalle. Es glänzte und glitzerte und hing teilweise in langen, dünnen Glitzerzapfen an ihm herab. Weißer Glimmerstaub hatte sich an ihm festgesetzt und funkelte wie Elfenhaar. Elfenhaar war weich und glitzerte weiß, im Licht jedoch in allen erdenklichen Pastelltönen. Es wurde gesammelt. Wo? Das wusste Krümelchen nicht. Er wusste nur, dass Hosannia oft bei den anderen Lehrengeln jammerte, dass in der Näherei wieder zu wenig davon wäre und dass es bald einen Engpass geben würde. Krümelchen hatte sie einmal gefragt, wofür man dieses besondere Haar denn bräuchte und Hosannia hatte ihm erzählt, dass das Elfenhaar zu Garn gesponnen, die besten Fäden des Himmels ergeben würde. Damit wurde genäht, gebunden und vieles mehr. Kein Garn sei reißfester und schöner. Und dann hatte sie ihm eines ihrer schönen Halstücher gezeigt und die Naht daran glitzerte wie Diamanten. Krümelchen war wie verzaubert gewesen. War dieser Tunnel also etwa mit Elfenhaar überzogen? „Oh je..." „Was ist Fips?" „Siehst du das nicht?" „Meinst du den von Elfenhaar umwickelten Tunnel?" Fips sah ihn irritiert an. „Elfenhaar? Ich habe zwar keine Ahnung was dein *Elfenhaar* ist, aber das da vorne ist Eis. Schnee und Eis um es genau zu sagen. Das ist ein Gefriertunnel." „Ein was?" „Ein Gefriertunnel, Krümel." Die Wolken werden mit Wasser getränkt und schließlich durch den Tunnel geblasen. Da drinnen ist es dann so kalt, dass das Wasser in den Wolken gefriert. Dann fällt Schnee aus den Wolken. Sag' 'mal, was lernt ihr eigentlich im Unterricht der Menschen-Seelenengelchen?" Krümelchen war geschockt. Eis? Das bedeutete irre Kälte. Das konnten sie nicht schaffen. Diese Eiseskälte war das Schlimmste für ein Seelenengelchen. Fips musste seine Verzweiflung bemerkt haben. „Schau! Da ganz hinten. Siehst du das helle Licht?" Krümelchen drückte sich noch einmal an seinem Freund vorbei und spähte nach draußen. „Ja. Ich sehe es. Riesig und golden." „Die Sonne." „Aber..." „Krümel, du musst genauer hinsehen. Hinter dem Tunnel verläuft noch ein anderes Förderband. Das, auf dem die Wolken aus dem Tunnel herauskommen, läuft in einen hinteren Teil Wetterebene. Das andere aber kommt von unten und läuft an der Sonne vorbei und anschließend in eine ganz andere Ebene. Kannst du das kleine Tor sehen?" Krümelchen konnte zwar das besagte Band erkennen, von einem Tor aber, sah er nicht einmal die Umrisse. Was er aber sah und gleichzeitig verstand, war, dass es nur eine Möglichkeit gab, auf das Förderband mit den trockenen Wolken zu kommen. Nämlich genau dort, wo die gefrorenen Wolken aus dem Tunnel herauskamen. Es war die einzige Stelle, von der aus man auf das andere Förderband springen konnte. Kein Engel war dort zu sehen. Die Bänder liefen in diesem winzig kleinen Moment direkt nebeneinander, ehe ihre Wege wieder in andere Richtungen verliefen. Nur an genau dieser Stelle, hatten sie eine Chance unbemerkt in die andere Ebene zu kommen, wenn sie nicht mitten durch eine Menge Wetterengel hindurchlaufen wollten. Vorausgesetzt Fips hatte recht und am Ende des Bandes war tatsächlich ein Tor. „Fips, wir müssen..." „Nein!" Fips unterbrach ihn harsch. Seit sie sich kannten, hatte Fips noch nie seine gute Laune verloren. War noch nie nervös geworden. Jetzt schien er regelrecht zu schlottern. „Aber Fips, was..." „Nein! Ich gehe nicht in diese Wasserwolke. Das mache ich nicht. Ich lasse mich meinetwegen einfrieren und von mir aus auch noch von der Sonne rösten. Aber ich lasse mich nicht ins Wasser tauchen." Krümelchen sah ihn an. Sein Freund wirkte mit einem Mal gar nicht mehr leichtfüßig und entspannt. Er wirkte fahl und vor allem erschreckt. Ein Seelenengelchen sollte solch tiefe Emotionen nicht wahrnehmen können. Er selbst kannte diesen Ausdruck. Er hieß *Angst* und Fips schien von einer riesigen Portion Angst erfüllt zu sein. Dieses Gefühl war ein Erdengefühl. Fips dürfte es in diesem großen Ausmaß nicht verspüren. Irgendetwas stimmte hier nicht. Fips hatte sich verändert. Er wirkte nicht mehr wie ein Seelenengelchen, sondern...ein schrecklicher Gedanke durchblitzte Krümelchen. So sehr, dass er beinahe aus seiner Wolke gefallen wäre.

Der letzte Tag war, wider all ihrer Erwartungen, ein schöner geworden. Ihre Mutter hatte sich sehr über die Blumen gefreut und sie beide hatten sich entschlossen, den Rest des Tages gemeinsam zu verbringen. Da sie ohnehin schon vier Tage vorausgearbeitet hatte, um sich in unvorhergesehenen Situationen auch einmal spontan frei nehmen zu können, entschied sich Laurie genau das zu tun. Den Rest des Tages, würde sie die Arbeit ruhen lassen um sich Zeit für ein paar erfüllte Stunden mit ihrer Mutter zu nehmen. Der Gedanke eine gute Tochter und Freundin zu sein, wenn sie im Moment schon keine gute Mutter sein konnte, gab ihr seltsamer Weise Kraft. Die Arbeit hatte sie abgelenkt und ihr eine Aufgabe gegeben. Das war gut. Dennoch sehnte Laurie sich danach auch privat wieder schöne Momente zu erleben. In Adams Nähe war ihr derzeit so, als hätte die ganze Situation sie beide dazu gebracht, ihre gemeinsame Zärtlichkeit nur noch als Pflichtprogramm um endlich schwanger zu werden zu sehen und sich nicht so begegnen zu können, wie sie es eigentlich sollten. Sie liebte ihren Mann und sicherlich liebte er sie auch. Dennoch waren Spannungen zwischen ihnen entstanden, die es ihnen unmöglich machten, sich in der Gegenwart des anderen locker und frei zu fühlen. Sie brauchten Zeit. Nicht ihrer Liebe wegen. Nicht, weil sie sich ihrer Beziehung unsicher waren. Sondern nur, um sich auch körperlich wieder ohne Druck begegnen zu können. Laurie war noch nicht so weit. Der Druck hatte sich noch nicht von ihr genommen und Adam – das spürte sie, war es leid geworden, jede ihrer Zärtlichkeiten aufgrund von Eisprungtabellen und Temperaturanstiegen zu vollführen. Sie konnte ihn verstehen. Dennoch konnte sie nichts gegen diese große Sehnsucht in ihr tun. Darum war sie sicher, dass es das Beste für sie Beide sein würde, wenn sie wieder Spaß an anderen Dingen entwickeln würde. Der gestrige Tag war somit ein erster Schritt in eine neue Richtung gewesen. Oder vielleicht in eine alte, die sie über die letzten Monate hinweg vergessen hatte. Ihre Mutter war Balsam für ihre Seele. Sie wusste immer genau, was sie sagen musste, dass Laurie sich besser fühlte. Genauso konnte sie ihrer Tochter ansehen, wann es gut war einfach zu schweigen und gemeinsam eine Tasse Tee zu trinken, ohne auch nur ein Wort zu sprechen. Es war unbeschreiblich schön und Laurie war ins Bett gegangen und hatte seit Langem nicht mehr den Wunsch einer schnellen Schwangerschaft in ihre Gebete eingeschlossen, sondern einzig und allein den Dank für die Menschen, die ihr in ihrem Leben so unentbehrlich waren.

Heute war Samstag und sie hatte sich vorgenommen früh aufzustehen, etwas Obst in ihren Rucksack zu packen und ein paar Stunden spazieren zu gehen. Adam hatte lange gearbeitet, war sehr spät nach Hause und damit auch sehr spät ins Bett gekommen. Somit wusste sie, dass er sicher lange schlafen würde. Sie sah ihn an, wie er da so lag, mit seinem zerzausten Haar, den Mund leicht geöffnet und leise vor sich hin schnarchend. Vollkommen zerknautscht und unrasiert. Zu keinem Moment fand Laurie ihn schöner. Sie liebte es, ihn beim Schlafen zu beobachten. Sein Kind wäre sicher genauso wunderschön. Vielleicht noch schöner, wenn das überhaupt ging. Ein paar Tränen sammelten sich in ihren Augen, doch sie hatte sich im Griff. Vorsichtig zog sie Adams Decke noch ein Stück über seine Schulter, hauchte ihm einen Kuss auf die Wange und verließ die Wohnung. Kälte schlug ihr entgegen und für einen Moment zweifelte sie etwas an ihrer Entscheidung, an einem solch rauen Tag wie dem heutigen, nach draußen zu gehen. Sie zog die Haustüre hinter sich zu und lief los. Sie hatte kein besonderes Ziel vor Augen. Nur weg vom wochenendtypischen Treiben und den vielen Leuten, hinein in die Natur. Sie wusste, dass Adam sicher noch zwei bis drei Stunden schlafen würde. Für den Fall, dass nicht, hatte sie ihm einen Zettel an den Frühstückstisch gelegt. Es war jetzt acht Uhr und die Straßen waren noch recht ruhig. Nur beim Bäcker an der Ecke herrschte schon reges Treiben. Der Tag war noch im Schlafrock und die Helligkeit ließ noch etwas auf sich warten. Laurie ging schnellen Schrittes durch die Gassen. Ihre Gedanken kreisten in ihrem Kopf, während sie ihren Atem dabei beobachtete, wie er in kleinen Rauchwolken aus ihrem Mund und ihrer Nase quoll. Die neuen Winterstiefel, die sie sich selbst zu Weihnachten geschenkt hatte, hatten sich bereits nach zehn Minuten bezahlt gemacht, denn trotz der beißenden Kälte waren ihre Füße warm. Gut so. Bekam sie doch bei kalten Füßen sofort Halsschmerzen. Sie war etwa eine halbe Stunde gelaufen, als sie endlich am Stadtrand ankam und ihren Weg in das große Naturschutzgebiet einschlug. Zwar war es langsam hell geworden, dennoch fragte sie sich kurz, ob es klug gewesen war, mutterseelenallein an einem solch nebligen Tag in der Natur herum zu spazieren. Nachdem ihr eine Dame entgegenkam, die einen wunderschönen

Schäferhund an ihrer Leine hielt, wünschte sie sich auch einen tierischen Beschützer in ihrer Nähe. Die Frau in dem hellen Mantel hatte sie von oben bis unten beäugt, vermutlich weil sie sich gedacht hatte, dass kein normaldenkender Mensch, ohne triftigem Grund, wie beispielsweise dem verpflichtenden Gassi-Gang mit seinem Hund, bei dieser Eiseskälte freiwillig nach draußen gehen würde. Schon gar nicht so früh am Morgen und erst recht nicht alleine. Wahrscheinlich hatte sie mit diesem Gedanken sogar recht, sollte sie ihn wirklich gedacht haben. Vielleicht fand sie ja auch einfach meine Schuhe hässlich oder meinen Parka abscheulich...dachte Laurie bei sich. Es sollte ihr egal sein. Sie *wollte* mit sich alleine sein. *Das* war ihr Grund. Vor ihr lag ein großes Feld, das an das kleine Waldstück angrenzte in das sie in wenigen Minuten hineinspazieren würde. Der Reif prangte an den Gräsern und ließ alles verzaubert wirken. Wie schade, dass wir alle so schnell durch diese Welt gehen, ohne uns wirklich Zeit zu nehmen für diese wunderschönen Dinge, ging es durch Lauries Kopf. Hier draußen schien alles ein anderes Tempo zu haben. Langsam und bedacht. In sich ruhend und doch voller Spannung und Geheimnissen. Wundervoll. So funktioniert Leben. So will es die Natur und so sollten auch wir Menschen leben. Wenigstens ab und an. All diese Gedanken liefen durch ihren Kopf und ließen sie freier atmen, als in den letzten Monaten. Über dem Feld zogen Greifvögel ihre Kreise – auf der Lauer nach einem Frühstückshäppchen. Laurie lehnte sich gegen einen Baum am Wegrand und beobachtete, wie einer der prächtigen Vögel plötzlich in der Luft stehen blieb – seine Flügel aufgeregt flatternd- um dann förmlich zu Boden zu schießen. Er hatte Erfolg. Sein morgendliches Mahl war gesichert. Gut für ihn. Traurig für die kleine Maus, oder was auch immer er sich geschnappt hatte. Doch so war die Natur. Laurie setzte sich wieder in Bewegung. Stehen zu bleiben war keine gute Idee gewesen, denn sofort drang die Kälte wieder stärker durch ihre Kleidung. Der kleine Wald lag schon sehr nah. Dahinter war ein Weiher. Ein riesiger Weiher. Im Sommer verbrachten Adam und sie dort oft viele schöne Stunden in der Natur. Auf einer Seite des Gewässers war eine Holzbank. Recht versteckt im Gestrüpp, doch wer sie kannte, fand sie sehr leicht. Oft schon hatten sie dort gesessen und gepicknickt. Manchmal auch einfach die Zeit genossen. Diese kleine Bank war ihr Ziel. Einen Moment dort verweilen. Die Ruhe und der Blick auf das Wasser - ja, das war es, wonach sie sich sehnte. Endlich hatte sie das kleine Waldstück erreicht. Die Bäume fingen den kühlen Wind ab und Laurie spürte, wie die Temperatur angenehmer wurde. Sie atmete tief ein. Kein Geruch war schöner für sie, als der Geruch des Waldes. Selbst in diesen kargen Monaten, roch es nach Moos, Laub und der feuchten Erde. Was die Tiere wohl empfanden, wenn sie den Wald für kurze Zeit verließen? Würden sie diesen wunderbaren Geruch vermissen? Laurie war sich dessen sicher. Vermisste ihn ja selbst sie an so vielen Tagen, die sie arbeitend im Haus verbrachte und keine Zeit fand nach draußen zu gehen. Die herabgefallenen Zweige knackten unter ihren Schritten. Ansonsten war der Boden auf dem sie lief, wie eine weiche Matratze aus Blättern, die der Herbst zu Boden hatte fallen lassen. Eine Decke der Natur. Weich und warm. Laurie war, soweit sie das beurteilen konnte, an diesem heutigen Morgen der einzige Mensch in dem kleinen Wäldchen. Noch war alles winterlich karg hier, doch schon bald würde der Frühling einziehen und wieder Farben in die Bäume zaubern. Heute war der letzte Tag im Februar. Es hatte seinen Grund, dass sie gerade heute diese Wanderung machen wollte. Der Februar neigte sich seinem Ende zu und der Tag, an dem sie ihr Kind hatte hergeben müssen, hatte sich ein paar Wochen zuvor gejährt. Anfang Februar, vor genau einem Jahr, war der Tag gewesen, der ihr Leben so sehr verändert hatte und Laurie war den ganzen Monat lang wie betäubt gewesen. Sie hatte in den letzten Tagen oft den Friedhof besucht. Während die Menschen um sie herum den Fasching genossen- und in den schönsten und schaurigsten Kostümen durch Tag und Nacht gefeiert hatten, war es für sie ein Karneval gewesen, den sie ohne Kostüm oder andere Faschingsaktivitäten verbrachte hatte. Eigentlich hatte Laurie die lustige Jahreszeit immer freudig herbeigesehnt, die letzten Wochen allerdings, hatte sie damit verbracht, ihren Neuanfang zu planen. Ein Jahr hatte sie sich nun ihrer Trauer, ihrer Sehnsucht und ihrem Kinderwunsch hingegeben. Ein ganzes Jahr, hatte sie die Beziehung zu ihrem Mann so gut wie komplett auf das Thema „Schwangerschaft" beschränkt. Heute sollte sich das ändern. Sie *selbst* wollte es ändern, auch wenn es ihr schwerfallen würde. Nichts ließ sich erzwingen – die Natur machte es vor. Und auch Laurie wollte nichts mehr erzwingen. Sie wollte sich und ihrer Umwelt – ihrem ganzen Leben wieder frei begegnen. Am Tag ihres Frauenarztbesuches, als man ihr ihre Schwangerschaft bestätigt hatte, war sie auf ihrem Weg nach

Hause, über einen Stein gestolpert. An sich nichts Besonderes. Doch dieser Stein war nicht nur wunderschön, sondern hatte auch eine ungewöhnliche Form. Wenn man ihn genau betrachtete, sah er aus, wie eine Figur, die ein kleines Bündel in der Hand hielt. Eine Mutter mit ihrem Baby, hatte sie damals gedacht. Vielleicht hatte sie es, aufgrund ihrer Situation, auch einfach hineininterpretiert. Doch auch jetzt, wo sie den kleinen Stein aus ihrer Manteltasche zog, bildete sie sich ein, genau das zu sehen: Eine Mutter mit ihrem Kind im Arm. Sie hatte sich lange überlegt, ob es richtig war, den Stein tatsächlich wieder wegzugeben. In den letzten Monaten hatte sie sich an ihn geklammert, als wäre er ihre letzte Hoffnung gewesen. Sie hatte ihn in den Händen gehalten in den vielen Stunden, die sie weinend verbracht hatte. Während ihrer abendlichen Gebete, hatte sie ihn zwischen ihre gefalteten Hände gelegt. Er war der stete Begleiter in ihrer Manteltasche – egal wohin sie auch gegangen war. *Er* war zum Symbol ihrer Trauer geworden. Gleichzeitig war er ihr Trost und Hoffnung gewesen. Es fiel ihr schwer, sich von ihm zu trennen. Hätte sie jemandem davon erzählt, hätte man sie vermutlich ausgelacht. Augenrollend belächelt. Doch für Laurie war er nun einmal mehr als ein Stein. Er war so etwas wie ihre Fügung gewesen – zu Beginn. Dann der Begleiter in schweren Zeiten. Zuerst hatte sie überlegt, ihn in ihre kleine Trauerkiste zu legen, die sie sich angelegt hatte. Das war hart gewesen, doch hatte es ihr unglaublich gutgetan, die alten Ultraschallbilder, die gestrickten Söckchen, das kleine Schnuffeltuch, das sie gekauft hatte und einige kleine Dinge mehr, sowie einen eigens verfassten Brief an ihr Baby, in das Kistchen zu legen. Schmerzhaft und intensiv war es gewesen. Doch gleichzeitig befreiend und ein Ritual, das ihr den Abschied bewusster und auf eine nicht in Worte zufassende, kleine Art leichter gemacht hatte. Den Stein allerdings wollte sie nicht in die Kiste schließen. Irgendetwas an ihm, so schien ihr, passte nicht zu diesem Ritual. So hatte sie ihn einige Zeit in ihrer Tasche behalten und dann beschlossen, ihn heute – an diesem letzten Tag im Februar – zu ihrem so vertrauten Ort zu bringen. Dort sollte er liegen. An dem Ort, der ihr immer Geborgenheit vermittelt hatte und warten, bis ihn wieder jemand fand und er ein neuer Begleiter werden konnte. Sie wollte ihn symbolisch ablegen. Unter der kleinen Bank. Vielleicht würde sie ihn wiedersehen. Vielleicht auch eines Tages wieder einsammeln. Doch heute sollte er ihr Symbol für einen Neuanfang sein. Sie strich mit ihrem Daumen über die kalte, glatte Oberfläche. Es fiel ihr so schwer, sich gleich von ihm trennen zu müssen. Von ihm Abschied zu nehmen, bedeutete für Laurie so viel mehr, als der Abschied von einem Stein. Doch es musste sein. Symbolisch für alles, was sie nun ändern wollte. Unbeirrt lief Laurie weiter. Die Geräusche des Waldes waren wohltuend und sie genoss die innere Ruhe, die sich mit jedem Schritt mehr in ihr ausbreitete.

Sie hatte das Ende des kleinen Wäldchens erreicht. Vor ihr lag der See, dessen klirrende Kälte man glaubte sehen zu können. Das Schilf wiegte in der rauen Brise leicht hin und her und die Spiegelungen der umstehenden Bäume warfen Fratzen auf die Wasseroberfläche. Laurie mühte sich durch das hochgewachsene Gras um zu ihrem Bänkchen zu kommen. Das Säuseln in den Ästen und Zweigen, machte diesen sonst so friedvollen Ort auf eine seltsame Weise unheimlich. Zudem begann sie langsam zu frieren und freute sich schon auf die heiße Schokolade, die sie, sobald sie zuhause angekommen sein würde, trinken wollte. Sie hatte sich gerade an dem letzten Hagebuttenstrauch vorbeigezwängt, um endlich an ihrem so geliebten Rastplatz anzukommen, als sie ein seltsames Geräusch vernahm. Laurie lief es eiskalt den Rücken herunter und ein komisches Gefühl breitete sich in ihr aus. Ein jämmerliches Wimmern drang an ihre Ohren und ein Kloß bildete sich in ihrem Hals. Durch die immer stärker werdenden Windgeräusche war es ihr nicht möglich das Geräusch genau zuzuordnen. Was war das? Wieder wimmerte und jammerte es. Und wo kam es her? Trotz der Angst, die sich immer weiter in ihr ausbreitete, versuchte Laurie dem Geräusch zu folgen. Manchmal glaubte sie es wäre verstummt, doch gerade, als sie sich umdrehen wollte, begann es von Neuem. Sie sah ihre Bank vor sich. Eingewachsen im Gestrüpp und friedlich wie immer stand sie da. Doch das Wimmern wurde immer lauter. Laurie stieg auf das alte Gebälk, das unter ihrem Gewicht leicht ächzte. Ob sie von weiter oben mehr sehen könnte? Aber es war aussichtslos. Das Gestrüpp war zu hoch und die kargen Äste versperrten jede Weitsicht. Fern konnte das Jammern allerding nicht sein. Laurie vernahm es mittlerweile laut und deutlich. Vorsichtig stieg sie von der Bank und schloss die Augen um noch einmal genau hinzuhören. Da...da war es. Und es kam von unten. Irgendetwas musste am Boden sein. Und zwar ganz nah bei ihr. Sie versuchte unter die Bank zu sehen und kniete sich auf den frostigen Boden. Sie erschrak kurz, als ihr zwei Augen entgegen starrten. Das wird doch kein Fuchs sein, kam ihr kurz der Gedanke. Würde er sie beißen, wenn sie jetzt unter die Bank fasste? Sie griff die Tasche ihres Parkas und fischte ihr Handy heraus. Zwar hatte sie in dieser Gegend keinen Empfang, den brauchte sie aber auch nicht um die Taschenlampe zu aktivieren. Vorsichtig, um das jammernde Tier nicht zu verschrecken, leuchtete sie in das Gestrüpp, aus dem gerade noch zwei Augen gefunkelt hatten. „Oh mein Gott!", stieß es aus ihr hervor. „Das ist ja eine Katze." Laurie steckte ihr Handy zurück und versuchte so weit wie nur möglich unter die hölzerne Sitzfläche zu kriechen. „Keine Angst mein Kleines. Ich tue dir nichts." Das Tier zitterte am ganzen Körper. „Sicherlich kratzt du mich jetzt gleich, hm? Aber warum wimmerst du denn nur so?" Um das Tier, das offensichtlich starke Schmerzen hatte, nicht zu quälen, versuchte sie es mitsamt dem Gezweig, auf dem es lag, herauszuziehen. „Gleich haben wir es geschafft. Nur noch ein kleines Stück…" Laurie zerrte mit aller Mühe an den gefrorenen Zweigen. Die Katze schien sehr schwach zu sein, denn sie bewegte sich bei der ganzen Prozedur kein bisschen. Nachdem sie alles weit genug nach vorne hatte bewegen können, hob Laurie die Katze behutsam nach oben. „Oh du armes Ding! Du blutest ja. Du musst dringend zu einem Tierarzt." Eine große Wunde klaffte an der Hinterpfote des verletzten Tieres. Zudem konnte die Katze sich kaum bewegen. Sie zitterte und ihr Herzchen raste. Ob sie das Tier überhaupt tragen durfte? Vielleicht machte sie ja alles nur noch schlimmer? Doch sie musste es riskieren. Hier, in der Einsamkeit und Kälte, würde die Katze sicher bald ihren Verletzungen erliegen. Kein Mensch würde sie finden. Laurie würde sie vorsichtig nach Hause tragen und die stark blutende Wunde vorerst mit einem Taschentuch umwickeln, sofern das schmerzgeplagte Tier es zulassen würde. Sie fischte ein Taschentuch aus ihrer Tasche und hielt plötzlich ihren Stein in der Hand. Sie warf noch einen letzten Blick auf ihn und noch einmal durchfuhr sie ein stechender Schmerz, der sie mit Wehmut erfüllte und den Kloß in ihrem Hals dicker werden ließ. Sie hätte nicht gedacht, dass es ihr so schwerfallen würde. Das Wimmern des kleinen Stubentigers riss sie aus ihren Gedanken. „Du bleibst hier mein Stein. Dafür nehme ich die Katze mit." Sie ließ den Stein zu Boden fallen, wickelte das Taschentuch vorsichtig um die offene Wunde des Kätzchens und versuchte sich mit möglichst wenig ruckartigen Bewegungen, einen Weg durch das Dickicht zu bahnen. Das verwundete Tier fest an sich gedrückt, begab sie sich so schnell sie nur konnte auf den

Heimweg. So hatte sie sich das mit ihrer Wanderung nicht vorgestellt. Was für ein Zufall war es doch, dass sie ausgerechnet heute, an diesem kalten Tag, an diesen verlassenen Ort aufbrach und das verletzte Tierchen fand. „Du hast wirklich Glück, dass ich dich gefunden habe, meine Hübsche. Oder bist du vielleicht ein Hübscher?" Die Katze in ihren Armen schien mit ihren Schmerzen zu kämpfen und Laurie bekam es mit der Angst zu tun. Was, wenn sie in ihren Armen sterben würde. Nein! Das würde sie nicht zulassen. Nicht noch ein Verlust. Sie würde es schaffen das Tier zum Arzt zu bringen. Aus großen, grünen Augen starrte das schwarze Fellknäuel sie an. Entgegen Lauries Erwarten aber, kratzte die Katze sie weder, noch machte sie Anstalten sie zu beißen. Sie sah sie einfach nur an und als sie bereits das kleine Wäldchen durchquert hatten und sich auf dem Weg Richtung Stadt befanden, hatte Laurie das Gefühl, das kleine hilflose Tier würde sich fest an sie drücken.

Krümelchen – Die Reise

Wie von Sinnen machte Krümelchen einen riesigen Sprung. Es war ihm gleichgültig, ob er entdeckt werden würde. Es war ihm gleichgültig, ob er es schaffen würde oder wieder in der A.S. landen würde. Er wusste nur, dass er es nicht riskieren durfte, dass sein Freund für ihn all das opferte. All das, was Krümelchen so wichtig war, dass er sogar diese, vermutlich aussichtslose, Reise auf sich nahm. Fips hatte Ängste. Erdengefühle. Krümelchen war sich ganz sicher. Fips' Schein war während ihrer gemeinsamen Reise rot geworden. Er sollte schon längst auf Erden verweilen. Und nur wegen ihm und seiner Sehnsucht nach seiner Mama, würde sein Freund nun auf seine eigene Familie verzichten müssen. Das konnte er nicht zulassen. Krümelchen musste seinen Weg alleine weiter gehen. Er katapultierte sich nach oben und krallte sich an einer der obersten Wolken, die jeden Moment vom zuständigen Wetterengel gepackt und im Wasserbecken getränkt werden würden. „Krümel! Was tust du?" Fips hatte ihn zu greifen bekommen und versuchte ihn zurück nach unten zu zerren. „Fips, lass los! Bitte! Geh zurück! Du musst! Du musst zur Erde! Ich danke dir für alles!" Mit einem Ruck stieß er seinen Freund von sich und bemerkte, wie in just diesem Moment, der Wetterengel nach seiner Wolke griff. Krümelchen versuchte sich so eng wie nur möglich in die weiße Masse zu drücken, um nicht entdeckt zu werden. Eine Sekunde später bereits, spürte er das kalte Wasser wie tausende Nadelstiche auf ihn einprasseln. Doch das war nichts gegen den Schmerz, der sich in ihm ausgebreitet hatte, seit er seinem Freund zum wahrscheinlich allerletzten Mal in die Augen gesehen hatte. Dann ging es ganz schnell. Krümelchens kleiner Körper fühlte sich an, als würde er zerspringen. Die Kälte des Eiskanals legte sich auf ihn und nachdem er den eisigen Windzug vernommen hatte und sich alles in ihm zu krampfen begonnen hatte, konnte er wahrnehmen wie alle Kraft von ihm wich und er sein Bewusstsein verlor.

„Halt durch, Kleines. Bitte!" Laurie konnte kaum mehr atmen. Die kalte Luft bohrte sich durch ihre Lunge und schmerzte in ihrem Hals. Sie hatte Seitenstechen und quälte sich die letzten Meter zu ihrer Haustüre. Dort fiel sie regelrecht auf den Klingelknopf. „Mach schon auf, Adam", zischte sie vor sich hin. Es fühlte sich wie eine halbe Ewigkeit an, bis endlich der Summer ertönte. Laurie hastete mit letzter Kraft die Treppen in den vierten Stock nach oben. „Laurie, warst du bei der Kälte so lange unterwegs?", gähnte ihr, ihr immer noch schlaftrunkener Ehemann entgegen, der in Boxershorts und völlig zerzaust im Türrahmen stand. „Hilf mir Adam!" Stieß es aus ihr heraus. „Bitte! Die kleine Katze stirbt sonst." „Mein Gott!" Erst jetzt schien er zu begreifen, dass seine Ehefrau nicht alleine zurückgekommen war. „Was ist denn mit dem Tier passiert?" „Ich weiß es nicht. Ich habe sie unter unserer Bank gefunden. Zusammengekauert und wimmernd vor Schmerzen. Sie hat eine stark blutende Wunde." „Du warst alleine bis am See?" „Das tut jetzt doch nichts zur Sache Adam", herrschte sie ihn an. Wie konnte er in einer solchen Situation nur so unsensibel sein? Hoffentlich würde ihr Leben nie von ihm abhängig sein. Bis er seine Augen vom Schlaf befreit und seinen Controller zur Seite gelegt haben würde, wäre sie, im Fall der Fälle, wohl längst dahingeschieden und ihr Ehemann würde es nicht einmal bemerkt haben. „Bitte, Adam. Zieh dich an. Wir müssen die Katze zum Tierarzt bringen." „Weißt du denn wem sie gehört?" „Natürlich weiß ich das nicht!" Langsam wurde sie ungeduldig. „Ich sagte doch, dass ich sie unter der Bank am See gefunden habe." „Vielleicht wurde sie von einem tollwütigen Tier gebissen." „Oh Adam. Hier gibt es doch im Moment gar keine Fälle von Tollwut. Außerdem macht sie keinerlei Anstalten bissig zu sein. Und ihre Wunde sieht nicht wie ein Tier-Biss aus." „Ist ja schon gut. Ich mache mich fertig. Aber heute ist Samstag. Welche Tierarztpraxis ist da schon geöffnet?" „Ich habe keine Ahnung…ich…" „Schon gut. Pack du das Tierchen in meine Wolldecke und ich sehe gleich nach, welche Tierarztpraxis Notdienst hat. Gib mir zwei Minuten." „Jetzt war er wieder da. *Ihr* Adam. Ihr Ehemann der Taten, den sie so sehr liebte. „Danke."

Die kleine Katze hatte zum zweiten Mal an diesem Tag großes Glück. Da genau der Veterinär ein paar Straßen weiter den heutigen Samstagsdienst übernommen hatte, waren von ihrer Ankunft zuhause und ihrem Betreten der Praxis gerade einmal zehn Minuten vergangen. Aufgrund der schweren Verletzungen hatte man sie als Notfall eingeschoben und natürlich auf die Versicherung hin, dass Laurie unterschrieb, finanziell für die gesamte Versorgung aufzukommen. Doch das spielte für sie keine Rolle. Das kleine Tier hatte es ihr angetan. Sie hatte sich regelrecht verliebt in die smaragdgrünen Augen und das glänzende schwarze Fell und wollte nur noch, dass der Arzt seinem kleinen Patienten helfen konnte. Jetzt stand sie hier in dem hell erleuchteten Raum mit den gelb gestrichenen Wänden und den Tierpostern an der Türe und sah dabei zu, wie Doktor Müller die Katze von oben bis unten untersuchte und die Wunde an ihrer Hinterpfote reinigte, während das Tierchen immer wieder fauchte und stöhnte, und er selbst ab und an ein „hm"… „oh"…oder ein Räuspern von sich gab. Sie tat ihr so leid. Laurie war von Beginn an davon ausgegangen, dass das kleine Fellknäuel ein Mädchen sei und sie hatte Recht behalten. Gleich zu Beginn der Behandlung hatte Herr Müller es ihr bestätigt. „Weiblich, etwa anderthalb Jahre alt." Wurde die Akte angelegt. „Name unbekannt:" Wie traurig hatte Laurie gedacht. Hätte sie doch nur gewusst, ob es ein Herrchen oder Frauchen gab. Sie selbst hätte sofort einen Namen parat gehabt. „Sagen sie mal, wo haben sie das Tierchen gefunden?" „Hier. Im Naturschutzgebiet. Aber es ist doch eine Hauskatze, oder nicht?" Laurie fühlte sich verunsichert. „Ich hätte sie sonst nicht angerührt, doch…" „Sie haben alles richtig gemacht." Laurie atmete erleichtert aus. „Erstaunlich wie sie den weiten Weg mit der Katze im Arm zurücklegen konnten, ohne, dass sie sich gewehrt hat. Die Verletzungen sind erheblich." Laurie rannen Tränen über die Wangen. Der ernste Gesichtsausdruck des Arztes rief Erinnerungen in ihr wach, die sich bleischwer auf ihre Brust legten und ihr das Atmen erschwerten. Als hätte er es bemerkt, wandte sich Herr Müller mit einem tiefen Blick in ihre Augen an sie: „Na…na, ich kann ihnen zwar nichts versprechen, aber ich werde alles in meiner Machtstehende tun, um der werdenden Mami zu helfen." Wie konnte er nur. Woher wusste er? Was sollte das? Ein Gewitter der Gefühle begann in Laurie zu toben. Verzweiflung, Trauer, Wut…. „Ich…", hob sie ihre Stimme, die schrill in ihren pulsierenden Ohren klang, an… „Ich…" „Sie wussten nicht, dass unsere hübsche schwarze Lady trächtig ist? Na wie auch? Ich war mir ja bis gerade eben selbst unschlüssig. Das Problem an der Sache ist, dass wir die Hinterpfote operieren müssten. Ich muss mir aber erst die Jungen ansehen. Die Katze wurde angefahren. Keine Frage. Der

Knochen im Bein ist gesplittert und auch das Becken ist in Mitleiden-
schaft gezogen worden. Wie sich das Tier noch so weit hat schleppen
können, ist mir unerklärlich und grenzt an ein Wunder. Ein sehr, sehr
tapferes Mädchen. Ich gebe ihr jetzt ein Schmerzmittel. Und danach sehen wir, ob ich recht habe. Bei diesen geröteten und geschwollenen Zitzen aber, liegt der Verdacht einer Trächtigkeit sehr nahe. Ich bezweifle
allerdings, dass die Jungen den Unfall überlebt haben. Die Katze ist noch
nicht sehr dick. Sie muss ganz am Anfang stehen. Ich sehe mir das gleich
per Ultraschall an." „Sie denken die Jungen sind tot?" Laurie war mittlerweile kreidebleich. Wieder stand sie in einer Praxis, wieder würde sie
ein Ultraschallbild sehen und wieder würde man ihr sagen *Tut mir
leid...kein Herzschlag zu sehen"*...oder etwas ähnlich Grauenvolles.
Nein! Ihrer süßen Artemis würde das nicht passieren. Das durfte einfach
nicht sein." Insgeheim hatte sie die kleine Katze schon auf dem ganzen
Weg heraus aus dem Wald und bis zu ihr nach Haus *Artemis* genannt.
Kämpferin, Göttin der Wälder und des Mondes, Beschützerin der Frauen
und Kinder. Nachdem sie sich in den letzten Monaten schon so viel mit
Vornamen beschäftigt hatte, waren ihr sämtliche Bedeutungen geläufig
und als sie das kleine verwundete Tier aus den Gräsern gehoben hatte,
war ihr genau dieser Name durch den Kopf geschossen. Dass in diesem
Moment tatsächlich kein Name besser gepasst hätte, war ihr natürlich
nicht bewusst gewesen. Es war eine spontane Eingebung. Und nun
könnte sich herausstellen, dass diese Katze - ihre kleine Artemis – tatsächlich eine Beschützerin war. Beschützerin ihrer eigenen Babys. Es
musste so sein. Laurie begann innerlich zu betteln und zu flehen. „Im
Übrigen", unterbrach Doktor Müller ihre Gedanken, „glaube ich nicht,
dass diese Katze in den letzten Monaten ein festes Zuhause gehabt hat.
Wenn sie nicht schon immer ein Straßenkätzchen gewesen ist." „Wie
kommen sie darauf?" „Nun ja…ich kann mich natürlich irren und sie ist
ein einfacher Ausreißer. Jedoch hat sie weder ein Halsband, noch einen
Chip. Sie ist voller Ungeziefer wie Zecken und Flöhe, die sicher nicht
erst seit gestern an ihr haften, zudem wirkt sie auf mich, durch all das
Menschliche hier, recht verschreckt und scheu. Außer vor ihnen - das
muss ich zugeben." Zum ersten Mal in der langen Zeit, die sie nun schon
in der Praxis verbracht hatte, sah sie ein Lächeln über Doktor Müllers
Gesicht huschen und auch in Laurie regte sich etwas Positives. Wie

gerne würde sie die Katze behalten. Adam war nicht in der Praxis geblieben. Laurie hatte ihn, nachdem sie das Geschlecht und das Alter der Katze erfahren hatte, gebeten Zettel in sämtlichen öffentlichen Gebäuden auszulegen, ob denn jemand eine etwa ein bis zwei Jahre alte, schwarze Katze mit grünen Augen vermissen würde, die verletzt aufgefunden worden war. Er hatte den Auftrag bekommen das Tierheim und sämtliche Tierarztpraxen anzurufen, wenn nötig auf Band zu sprechen und zu fragen, ob einer ihrer Kunden eine solche Katze vermisst. Sicher war er noch immer damit beschäftigt. Doch bei dem Gedanken alleine der Ultraschalluntersuchung beiwohnen zu müssen, fühlte Laurie sich unwohl. Sie sorgte sich um die kleine Katze, sie sorgte sich um ihre Jungen und sie verstand den eventuellen Besitzer nur zu gut, der vermutlich vor Kummer um sein verschwundenes Kätzchen zergehen musste. Dennoch wünschte sie sich inständig, dass es keinen Besitzer gab und sie ihre kleine Artemis behalten könnte. Egal was Adam dazu sagen würde, sie hatten sich gefunden und es war Schicksal gewesen. Er durfte einfach keinen Einwand haben. Doktor Müller hatte sich noch um einen anderen tierischen Patienten zu kümmern und Laurie durfte im Behandlungszimmer bei Artemis bleiben, bis das Schmerzmittel seine volle Wirksamkeit erreicht hatte. „Ich bin in etwa 15 Minuten zurück. Nehmen sie doch solange Platz und warten sie bei der Katze. Anschließend komme ich und wir machen ein Ultraschall." Die freundliche Assistentin hatte ihr sogar ein Glas Wasser angeboten, doch Laurie hatte abgelehnt. Sie war zu aufgeregt und zu aufgewühlt. Sie saß nur da und hielt die Vorderpfote der kleinen Katze, die diese in ihre Hände gelegt hatte. Sie war so schwach, dass sie, ohne sich auch nur ein kleines bisschen zu bewegen, flach atmend in der weißen Decke, die man auf dem Behandlungstisch für sie ausgebreitet hatte, verweilte. „Du bist ganz wunderbar", flüsterte Laurie ihr entgegen. Und sie meinte es auch genauso.

„Hey sie!" Dröhnte es plötzlich aus dem Wartezimmer. „Ja bitte?" Laurie konnte deutlich Adams Stimme vernehmen. War er bereits zurück?" „Sie, sie hab'n da gerade in der Bank so'n Zettel ausgelegt. Weg'n ner Katze..." Der Mann klang aggressiv und herrisch. „Das is' meine. Da bin ich sicher." Laurie war wie geschockt. *Das* sollte Artemis Herrchen sein? Panik durchfuhr sie und auch Artemis schien mit ihren Ohren zu zucken. „Ach ja? Wie heißt sie denn? Sie haben sie sicher schon vermisst?" Adam. Kühn, souverän und ruhig. Ihr strahlender Ritter." „Hat noch kein' Namen. Is' ausgebüxt, bevor ich sie verkaufen konnte. Bestimmt schon 'n halbes Jahr her. Das Mistvieh." „Verstehe. Verkaufen?" „Ja. Hat mir dreißig Euro geboten, die Tante, damit ich ihr die Katze für ihre Balgen gebe. Und dann haut die ab." „Die Katze ist schwer verletzt. Es ist gut, dass sie kommen. Es bedarf einer aufwendigen Behandlung." „Was? Ich zahl' nix dafür." „Aber es ist doch ihre Katze." Adam klang immer noch tiefenentspannt und ruhig. Als hätte er Spaß daran den unsympathischen Besitzer aus der Reserve zu locken. „Na gut, aber dann wird sie verkauft." Laurie zuckte zusammen und Artemis begann plötzlich ihre Krallen tief in Lauries Hand zu bohren. „Was ist denn hier los?" Laurie erkannte Doktor Müllers Stimme durch die geschlossene Tür hindurch. „Der Besitzer der schwarzen Katze hat sich gemeldet. Er wollte sie für dreißig Euro verkaufen, doch dann ist sie ausgebüxt, so sagt er." „Aha. Das ist ja prima. Es wird eine Operation erforderlich sein und wir brauchen Zustimmung und Zahlungseinwilligung des Besitzers." „Zahlung? Wieviel?", dröhnte es durch den Wartebereich. „Schwer zu sagen. Etwa zwei bis dreihundert für die OP, dann die Medikamente...Moment, wir müssen das berechnen." „Das brauch'n sie nicht. Ich zahl' doch nich' noch für das Biest. Schläfern sie sie ein." Laurie war jetzt kurz davor einen Wutanfall zu bekommen. Sie wollte schreiend und tobend aus dem Behandlungsraum stürmen und diesem Unmenschen ihre Meinung predigen, doch zum Glück, kam Adam ihr zuvor. „Wissen sie was? Ich zahle ihnen fünfzig Euro und kaufe ihnen die Katze ab." „Was? Und sie bezahlen auch den restlichen Mist?" „Ja, das mache ich." „Ham wohl 'n Geldscheißer, hm? Aber soll mir recht sein. Behalt'n sie das Vieh." „Dann wäre das ja geklärt", hörte Laurie Doktor Müller sagen. „Dann ist das jetzt ihre Katze." „Sieht so aus." Nie hatte sie Adam so sehr geliebt, wie in jenem Moment. „Und wie soll die Hübsche heißen?" „Artemis", rief Laurie so laut, dass selbst die Katze zusammenzuckte. „Entschuldige bitte, aber ich bin so glücklich."

Krümelchen –Die Reise

„Wach auf!" Krümelchen verspürte ein seltsames Rütteln. Nässe. Überall war er nass. Doch es war warm. Sehr warm. Dennoch konnte er sich nicht bewegen. Alles um ihn herum war verschleiert und in tiefen Nebel getunkt. „Komm' schon! Jetzt hilf mal mit, du Held. Wie viele Runden sollen wir denn noch drehen. Ich schleppe dich sicher kein neunzehntes Mal mit auf die nächste Wolke für eine Ehrenrunde. Schließlich bist du schon fast trocken." Krümelchen konnte die Worte um ihn zwar hören, aber sie klangen befremdlich und verzerrt in seinen Ohren. Wenn er doch nur endlich deutlicher sehen könnte... „Oh Mann! Jetzt habe ich aber genug! Erst lässt du mich einfach zurück und spielst den *Oberheld* aller Helden...pfui...und dann gibst du hier auf! Das geht nicht Krümel, hörst du? Was jetzt kommt, hast du dir selbst zuzuschreiben." „Wow..." Krümelchen spürte plötzlich einen ungeheuer starken Hieb auf seinen Körper prallen. Schmerz durchzuckte ihn und sein Atem stockte. Doch als er die Augen wieder öffnete, sah er die Umrisse seines Freundes über ihm knien. Fips sah ihn aus sorgenvollen Augen an und rüttelte und schüttelte an Krümelchen, dass es ihm schwindelig wurde. „Lass das! Mir ist ja schon ganz übel. Du weißt schon...kotzig..." „Na endlich! Puh..." Fips glitt neben ihn und holte tief Luft. „Ich dachte echt, das wäre es jetzt gewesen und ich könnte dich in Zukunft auf einer anderen Ebene besuchen. Wie konntest du das nur tun? Bist du vollkommen bescheuert? Weißt du eigentlich wie wütend ich auf dich bin. Ich hatte solche Angst um dich, dass ich gar nicht weiß, wo mir gerade mein Kopf steht. Ich bin kurz davor zu...naja, du weißt schon, die Sache mit der Kotze..." Jetzt mussten die beiden Freunde lächeln. „Genau deswegen musste ich es tun." „Was? Weswegen? Ich verstehe gar nichts mehr." „Na wegen deiner Gefühle, Fips. Angst, Wut, Sorge...Erdengefühle." Fips sah ihn ratlos an. „Weißt du, ich bin dir zwar dankbar, dass du mich gerade quasi gerettet hast..." „Quasi??" „Na gut, definitiv gerettet hast" „Klingt schon besser!" „Aber du hättest es nicht tun dürfen. Ich bin mir nämlich sicher, dass dein Schein inzwischen rot geworden ist, Fips. Deine Seele müsste schon auf Erden verweilen. Und wenn du deine Reise nicht bald antrittst, wird das Wesen, zu dem du auserkoren bist, seine Seele nicht erhalten und kann nicht geboren werden." Fips starrte Krümelchen an. Er wusste, dass sein Freund recht hatte, doch er wagte es nicht, seinen Schein vom Wolkenstaub zu säubern. Schließlich bestand ja noch der Funke einer Hoffnung, dass Krümelchen Unrecht haben könnte. Als er – Fips- ihm nämlich nachgefolgt war, hatte er mit aller Mühe versucht, den Stoffbeutel mit dem Wolkenstaub über seinen Kopf zu stülpen um nicht entdeckt zu werden. Trotz der Nässe war es ihm gelungen, die Tüte so über seinem Haupt festzuhalten, dass der Staub an seinem Schein haften geblieben war. Krümelchen hingegen leuchtete wieder in strahlendem gelb und wäre, hätte nicht die Sonne ein ebenso hellgelbes Licht von sich gegeben, sicher schon längst aufgefallen und enttarnt worden. „Fips, du musst zurück!" „Ich kann nicht." „Du musst!" „Nein, Krümel. Ich bleibe." Seine Stimme klang fest und sicher und alle Zweifel, die sein Kopf ihm hatte einflößen wollen, waren verschwunden. „Du bist mein allerbester Freund. Wer weiß denn schon, ob ich auf Erden jemals wieder so einen Freund haben werde? Da werde ich dich jetzt sicher nicht verlassen, bevor wir die Mission beendet haben." „Aber…" „Es ist *meine* Entscheidung, Krümel." „Ich...ich weiß nicht was ich sagen soll." „Ich schon. Sag mir bitte, dass du den nächsten Sprung auf die Folgewolke alleine schaffst und ich dich nicht noch einmal dabei Huckepack nehmen muss."

Krümelchen schaffte es. Sie sprangen auf die nächste Wolke um schneller an das goldene Tor zu gelangen, das Fips schon vor ihrer waghalsigen Aktion vom Sammelbehälter aus hatte erspähen können. Wie gut seine Augen doch waren. Wie scharf sein Verstand. So geehrt sich Krümelchen als Freund auch fühlte, so sehr quälte ihn jedoch der Gedanke, das Leben seines besten Freundes auf Erden zu gefährden. Durfte er es überhaupt zulassen, dass Fips dieses Opfer auf sich nahm? Oder sollte er ihre Mission hier und jetzt beenden und sich dem Wetterengel stellen, ehe Fips' Seele den Absprung endgültig verpassen würde? Er war so erschöpft. Die Sonne hatte ihn zwar wieder getrocknet und aufgewärmt, doch seine Energie war spürbar geschwunden. Allein dieser einzige Sprung gerade eben, war ein ungeheurer Kraftakt für ihn gewesen und er konnte sich beim besten Willen nicht vorstellen, wie Fips es geschafft hatte ihn ganze neunzehn Wolken lang Huckepack mitzuschleppen. Was für ein Freund er doch war. In Krümelchen stieg Wehmut auf. Und auch wenn er keine Ahnung hatte, wie er das seltsame Gefühl, das seine Augen feucht werden ließ, nennen sollte, so war ihm, als würde er es nie wieder loswerden.

Die Wolke, in der sie saßen, war angenehm weich und warm. Am liebsten hätte Krümelchen einfach seine Augen geschlossen und sich dem Schlaf hingegeben, doch dafür blieb ihnen keine Zeit. Krümelchen war sich nicht mehr sicher, ob er es tatsächlich schaffen konnte, sein Ziel zu erreichen und wieder bei seiner geliebten Mama zu sein. Doch er war sicher, dass er allein um Fips Willen jetzt nicht aufgeben durfte. Sein Freund zählte auf ihn und er würde ihn nicht enttäuschen. „Mist! Ich kann den Plan nicht mehr richtig entziffern. Das Wasser hat alles aufgeweicht." Fips fummelte an den wellig getrockneten Seiten des Wolkenatlas herum. „Kannst du etwas erkennen?" Krümelchen beugte sich über das Papier. „Nein...nicht wirklich. Nur da..." Er zeigte auf eine kleine zerknitterte Ecke. „Das da...das könnte *Zerteilung* heißen." „Zerteilung?" „Na ich weiß ja auch nicht. Es sieht so aus. Vielleicht heißt es auch *Zehnteilung*? Oder *Zehenheilung*?" „Was?" Fips schüttelte energisch seinen Kopf. „Das macht doch alles keinen Sinn. Eine ganze Himmelsabteilung für schmerzende Zehen? Und Zehnteilung. Was soll das denn sein?" „Na dann eben doch *Zerteilung*." „Aber das ist doch auch Quatsch." „Ich weiß es doch auch nicht. Es sieht eben aus wie ein...Moment...könnte das eventuell..." Krümelchen war aufgeregt und sein Seelenscheinchen begann zu glühen. Konnte das sein? Er presste sein Gesicht an die Karte und hielt die Luft an. „Fips! Heißt das vielleicht *Zuteilung* ?"

Laurie wartete. Und während sie wartete kaute sie erstmals seit ihrer Jugend wieder an ihren Fingernägeln. Früher hatte sie das immer gemacht, wenn sie sich bei ihren Mathematikaufgaben in der Schule nicht mehr zu helfen gewusst hatte. Oder aber wenn Frank, der hübsche, groß gewachsene Junge mit den blonden Locken, der im Bus auf ihrer Heimfahrt immer eine Station vor ihr ausgestiegen war, einen flüchtigen Blick zu ihr herübergeworfen hatte. Immer dann, wenn Angst oder Nervosität von ihr Besitz ergriffen hatten, waren ihre Fingernägel ohne Erbarmen von ihren Zähnen zugerichtet worden. Was für ein Glück, dass sie diese Marotte nach ein paar Jahren hatte ablegen können. Doch wie es eben so war, kamen genau diese kleinen lästigen Angewohnheiten in angespannten Situationen immer wieder zum Vorschein. Ein paar Minuten zuvor hatte Doktor Müller Artemis mit in sein Nebenzimmer genommen. Er wollte sie auf ihre anstehende Operation vorbereiten und noch einige Untersuchungen vornehmen. Die Ultraschall-Untersuchung sollte die erste davon sein. Laurie wusste, dass er sie jeden Moment mit ins Zimmer bitten würde und ihre Nervosität hatte sie vollständig im Griff. Adam war, nachdem er sich von seiner Frau hatte umarmen, küssen und lobpreisen lassen, für all das, was er für sie und das arme Kätzchen getan hatte, zur nächsten Tierhandlung gefahren, um ihre Wohnung schon einmal mit den wichtigsten Dingen, die ihre neue Mitbewohnerin benötigen würde, auszustatten. Laurie war sich nicht sicher, ob ihre überschwängliche Freude nicht etwas zu voreilig gewesen war. Nicht, dass sie Artemis nicht hätte adoptieren wollen. Sie wollte es unbedingt. Doch in all ihren Emotionen hatte sie vollkommen vergessen darüber nachzudenken, dass es womöglich Probleme mit ihrem Vermieter bezüglich des Haltens einer Katze geben könnte. Was sollten sie dann nur tun? Sie würde Artemis nicht mehr hergeben. Niemals. Das wusste sie. Doch sie war sich ebenfalls sicher, dass selbst der sonst so rational denkende Adam nicht über derlei Dinge nachgedacht hatte, als er Hals über Kopf entschieden hatte, das Kätzchen bei sich aufzunehmen. Nun. Es war eben Schicksal, beruhigte sich Laurie. Und es wird sich eine Lösung finden. Die fand sich schließlich immer. Innerlich sprach sie sich diesen Satz etliche Male vor und hoffte ihre Sorgen dabei etwas zu vergessen.

„Sie können jetzt in Behandlungsraum B kommen." Die kleine, dralle Tierarzthelferin mit der dunklen Hornbrille und dem so mütterlich wirkenden Lächeln, riss sie völlig aus ihren Gedanken. Ob sie meine Nägel-kauerei bemerkt hat? fragte sich Laurie. Dann folgte sie der freundlichen Dame in das Nebenzimmer. Artemis lag auf einem rosafarbenen Hand-tuch in einer kleinen Schale und bewegte sich nicht. Schmerzmittel und andere Medikamente hatten ihr Übriges getan. Vor ihnen flimmerte be-reits der Bildschirm. Was so ein Gerät alles anrichten kann, fuhr es Lau-rie durch den Kopf, als sie das Ultraschallgerät und die Gelflüssigkeit daneben wahrnahm. „Setzen sie sich doch bitte." Dr. Müller kritzelte in eine Akte und schob gedankenverloren einen kleinen, weißen Hocker in ihre Richtung. „So, dann wollen wir mal." Es kam Laurie vor, als erlebte sie die nächsten Schritte wie durch eine Kamera, bei der sie selbst Dar-stellerin eines schlechten Filmes war. Nur dass dieses Mal nicht sie auf dem Behandlungsstuhl saß und sich hilflos und ausgeliefert fühlte, son-dern die kleine schwarze Artemis, die bisher so tapfer alle Untersuchun-gen über sich ergehen lassen hatte. „Mhm…ich hatte recht." „Was?" Laurie starrte auf den Bildschirm. „Es ist nicht gerade gut zu erkennen. Ihre Katze hat einige Quetschungen erlitten und das Becken drückt in die Bauchregion. Allerdings kann ich definitiv erkennen, dass Artemis - der Name gefällt mir übrigens ausgesprochen gut – trächtig ist. Vier Kitten. Ja…ich meine vier. Eines allerdings ist wesentlich kleiner, als die Ande-ren. Vermutlich wird es nicht ausreichend versorgt. Genaueres kann ich leider nicht sagen. Aber…die drei leben. Das grenzt tatsächlich an ein Wunder. Bei diesen Verletzungen." Sie leben…sie leben…immer wie-der hallte es in Laurie wider und ihr Herz hätte vor Freude überspringen können. „Ich will ihnen aber nicht zu viele Hoffnungen machen. Artemis Bein muss definitiv operiert werden und das am besten gleich morgen früh. Wir werden sehen, wie die Jungen das verkraften. Und natürlich ihre Mutter. Aber ich denke sie ist stark." Wieder huschte ein flüchtiges Lächeln über das bereits vom Alter gezeichnete Gesicht des Arztes. „Ich vertraue ihnen." Laurie war sich nicht sicher, ob das, was sie sagte tat-sächlich der Wahrheit, oder einfach nur ihrem Wunschdenken entsprach, doch das spielte im Moment keine Rolle. Sie *wollte* vertrauen. Darauf, dass alles gut werden würde. Darauf, dass es Hoffnung für Artemis und ihre Jungen gab. Und für sie.

Die Praxis ohne Artemis zu verlassen, schmerzte Laurie sehr. Sie hatte vom ersten Moment ihrer Begegnung an eine tiefe Verbundenheit diesem kleinen Tier gegenüber verspürt. Eine Vertrautheit, die sich wohlig auf ihre Seele gelegt hatte und ihr das Gefühl gab, dass ihre neue Freundschaft auch *ihre* Wunden ein Stück weit heilen konnte. Sie hatte sich in den letzten Monaten so oft unglaublich alleine gefühlt. Auch wenn sie das sicher nicht war, so hatte sie nichts und niemanden wirklich an sich herangelassen und keiner hatte es geschafft sie aus ihrer Höhle der Verzweiflung herauszulocken. Mit all ihrem Schmerz war sie eine Gefangene ihrer selbst geworden. Stets unter Druck und in Angst. Und dann kam da dieses kleine schwarze Fellknäuel und änderte in Sekundenschnelle alles. Sie – Laurie - war nun diejenige, die gebraucht wurde. Die, die handeln musste. Sie war nicht mehr die Frau, deren Körper das eigene Kind nicht hatte austragen können und über deren Schicksal Ärzte entschieden, ohne dabei auch nur ein einziges Mal zu fragen, wie sie sich dabei fühlte. Ob die Frage etwas für Laurie geändert hätte? Da war sie sich nicht sicher. Dennoch hätte ihr ein kurzes „Es wird wieder" oder ein „Wie fühlen sie sich?" zumindest etwas wie Menschlichkeit in der Kälte ihres Schockes vermittelt. Stattdessen hatte man sie nach ihrem Eingriff in ein Krankenzimmer geschoben, in dem eine frischgebackene Mutter gerade dabei gewesen war, ihr Neugeborenes zu stillen. Und als sie ihre Tränen nicht mehr hatte zurückhalten können, war eine Schwester aufgetaucht, die sie dazu ermahnt hatte, sich endlich zusammenzureißen und das Leben gefälligst positiv zu sehen. Nun, im Nachhinein betrachtet, gab es sicher gute Erklärungen für all diese Vorkommnisse. Ärzte hatten sich in ihrem Beruf auf das Wesentliche zu konzentrieren und keine Zeit für unbezahlten Smalltalk. Zudem konnten sie sich sicher nicht erlauben emotional in die Probleme ihrer Patienten einzutauchen. Ebenso war vermutlich jedes andere Zimmer der Klinik an diesem Tag belegt gewesen und gegen Engpässe in der Bettenbelegung war nun einmal kein Kraut gewachsen. Eine Krankenschwester sah jeden Tag nur zu viel Leid und hatte es irgendwann wahrscheinlich einfach satt, Patienten zu sehen, die weinten, obwohl sie noch nicht dem Tode geweiht waren. All das ergab heute betrachtet selbstverständlich eine logische und faktenorientierte Erklärung ab. Trotzdem. Für Laurie hatte es nur bedeutet, dass sie alleine war. Alleine mit ihren Gefühlen. Alleine mit ihrem Schmerz. Verachtet für ihre Tränen und ignoriert in ihrer Trauer. Ein Funken Menschlichkeit hätte nichts an dem geändert, was ihr passiert war, doch es hätte alles ein wenig erträglicher gemacht. Und nun war da Artemis. Das Geschöpf, das sich ihr anvertraut hatte. Das kleine Lebewesen, das ihr – Lauries- Herz wieder höherschlagen ließ und ihr einen neuen Sinn in ihren Alltag zauberte. Sie würde alles tun, damit es Artemis bald wieder gut ginge. Schweren Herzens verließ sie die Praxis mit der Bitte, ihre Katze vor der morgigen Operation noch einmal besuchen zu dürfen und dem Wunsch, bei einer Veränderung ihres Zustands sofort informiert zu werden. Dann lief sie durch die Kälte nach Hause. An ihrem Parka hafteten noch Blutflecken und jede Menge schwarzer Katzenhaare und Laurie fragte sich, was wohl die Leute bei ihrem Anblick dachten. Adam war bereits zuhause. Als Laurie in ihr Wohnzimmer trat, war er gerade dabei einen deckenhohen Kratzbaum aufzubauen. Schwitzend schraubte und drehte er an den Einzelteilen herum, so dass er gar nicht bemerkte, wie sie die Wohnung betrat. Laurie lehnte sich an den Türrahmen und beobachtete ihren Mann. Ihre Streite der vergangenen Wochen erschienen ihr mit einem Mal so unnütz und nichtig. All der Kummer und die Wut über sein Unverständnis ihrer Verzweiflung gegenüber lösten sich auf. Sie wollte einfach nur hier stehen und ihn bei seiner Arbeit betrachten. Das dichte Haar, das ihm in seine Stirn fiel, die breiten Schultern, die sie schon so oft festgehalten hatten, die wunderschönen Hände, die sie bei ihrem ersten Date nicht mehr hatte loslassen wollen und die blonden Nackenhärchen, die sich immer so niedlich kräuselten, wenn er zu schwitzen begann. Sie liebte ihren Ehemann. Keine Frage. Und sie wollte ihre Beziehung zurück. Ihre Stunden zu zweit voller Lachen und Unbeschwertheit. Auch die ellenlangen Diskussionen über Gott und die Welt, die meist ohnehin ins Leere liefen, weil sie beide doch so wunderbar verschieden waren. Und sie wollte ihre gemeinsame Zärtlichkeit zurück. Ihre Liebe, die seit sie sich kannten, immer voller gegenseitigem Respekt und tiefer Leidenschaft war. Adam saß mit dem Rücken zu ihr und beugte sich über ein Tütchen Schrauben und Muttern, das angerissen vor ihm lag. Laurie ging auf Adam zu und schlang ihre Armen um ihn. „Wow…Schatz…hast du mich erschreckt!" Wie geht es dem kleinen Patienten?" „Es geht ihr soweit gut. Morgen wird sie operiert." „Oh…das ist gut. Sie wird bestimmt alles gut überstehen." „Das hoffe ich auch." „Und wie geht es dir?" Laurie drehte Adams Kopf zu sich und küsste ihn. Sie küsste ihn so, wie sie ihn schon lange nicht mehr geküsst hatte. „Mir geht es gut." „Ja? Wirklich?" „Ja. Wirklich." „Wegen der kleinen Katze, hm?" „Weil ich dich liebe." Adam sah sie irritiert an. Er legte das

Werkzeug bei Seite und sah Laurie an. „Laurie, ist alles in Ordnung? Ich meine...na...ich weiß auch nicht...“ „Schatz, was du da heute getan hast. Ich meine mit Artemis. Ich kann dir gar nicht sagen wie dankbar und glücklich ich bin.“ Jetzt lächelte ihr Mann und Laurie lächelte zurück. „Ich habe dein Lachen so sehr vermisst. Weißt du das?“ „Es ist zurück.“ Laurie grinste und wollte gerade in die Küche gehen, als Adam nach ihrer Hand griff und sie fest an sich zog. In seinen Augen lag dieses Funkeln, das bei ihr noch nach so vielen Jahren ein wohliges Kribbeln in der Magengrube verursachte. „Bitte lächle nochmal, schöne Frau!“

Krümelchen – Die Reise

„Zuteilung! Mann Krümel. Du hast recht. Das ist ja der Wahnsinn!"
„Was ist denn *der Wahnsinn?*" „Ach Krümel, das sagt man doch nur so.
Es ist einfach super! Die Zuteilung. Das bedeutet doch, dass wir es bald
geschafft haben." „Ich weiß nicht. Ist denn die Zuteilungsstation beim
lieben Gott?" „Na jedenfalls ist der Chef für die Zuteilung verantwort-
lich, oder nicht? Dann kann er ja nicht mehr weit sein." „Vielleicht hat
er dafür aber seine Zuteilungsengel. Das wäre doch möglich. Er hat ja so
viel zu tun." „Krümel. Wenn ich eines aus den ganzen Erdenbüchern, die
ich in der Bibliothek gelesen habe, gelernt habe, dann dass ein Chef sicherlich jede Arbeit gerne abgibt, jedoch keinesfalls die Befehle." „Was
denn für Befehle? Der liebe Gott ist doch kein Kommandant, sowie Praezisikus." „Ein Komman...was?" „Ein Kommandant. Jemand der immer
das Sagen haben will. Das behauptet zumindest Hosannia. Sie hat immer
zu uns gesagt: *Und dass ihr mir nicht immer Praezisikus ärgert. Er denkt
nur zu gern er wäre der Kommandant und der, der das ganze Sagen hat,
aber in seinem Herzen ist er eine grundgute Seele, die euch nur das Beste
will.* " „Das hat sie gesagt?" Fips zog seine Stirn runzelig. „Na ich weiß
ja nicht. Der olle Praezisikus ein *grundguter Kerl* – da gehen die Meinun-
gen wohl auseinander. Ich finde mit dem ist nicht gut Glorinchen essen.
Er hat mir einmal gesagt, dass bei der Menge, die ich jeden Tag an Essen
verputzen würde, das einzige was er sich für mich als Gestalt auf Erden
vorstellen könnte, ein Heißluftballon wäre. Dick und prall. Und da so ein
Ballon keine Seele braucht, sehe es in Praezisikus Augen auch schlecht
für mich aus jemals auf die Erde zu kommen. Ja, ja. Das hat er gesagt.
Weißt du eigentlich was ein Heißluftballon ist?" „Nein." „Na, da kannst
du ja froh sein. Ich habe einen in den Büchern gesehen und ich sage dir,
da habe ich erst das Ausmaß dieser Beleidigung begriffen." „Na gut.
Praezisikus ist gemein, aber..." „Nix aber...der ist ein oller Fiesling und
verfressen ist er selbst auch." „Ja, Fips, das kann ja sein. Aber deswegen
ist doch der liebe Gott kein Kommandant." „Nein, das habe ich ja auch
nicht behauptet. Aber die Zuteilung der Seelenengelchen und ihre Be-
stimmung ist nun einmal höchste göttliche Fügung. Und dir wird doch
klar sein, dass diese Entscheidung nur der Chef persönlich treffen kann.

Oder nicht?" Auch in Krümelchen keimte langsam Hoffnung auf. Sollte Fips tatsächlich Recht haben, würde das bedeuten, dass sie ihrem Ziel nicht mehr fern wären und Krümelchen endlich Antworten auf seine Fragen bekommen würde. „Und was machen wir jetzt?" „Wir sehen zu, dass wir unbemerkt durch das Tor dort unten kommen, was mit deinem Leuchte-Kopf vermutlich nicht ganz so einfach werden wird." Oh je. Das hatte er ja ganz vergessen. Sein Freund hatte Recht. Krümelchens Schein strahlte in hellem gelb und es war kein bisschen Wolkenstaub übriggeblieben um ihn zu verdecken. Was also sollten sie tun? „Kuck mal, Krümel. Der Kerl da unten vor dem Tor. Der mit dem langen Bart und der Schärpe. Ist das nicht Petrus?" „*Der* Petrus. Meinst du?" „Er sieht zumindest so aus." „Aber was soll uns das jetzt helfen?" „Ganz sicher bin ich mir da auch noch nicht. Aber Bobo, mein Kumpel aus der Glorinchenbäckerei, hat mir erzählt, dass Petrus eine rechte Petze sei." „Das wird ja immer schlimmer." „Wie man es nimmt." „Was meinst du denn, Fips?" Krümelchen wurde ungeduldig. Sie waren so weit gekommen und er wollte auf keinen Fall so kurz vor ihrem Ziel scheitern. „Vielleicht können wir es zu unseren Gunsten nutzen." „Die Petzerei?" „Ja." Krümelchen verstand jetzt überhaupt nichts mehr. Er war müde und ausgelaugt. Seine Sinne waren schwach und sein kleiner Körper verlangte nach einer Auszeit.

„Ich habe da so eine Idee, Krümel. Aber sie ist riskant. Sehr riskant. Entweder es klappt und wir gelangen endlich zum Chef persönlich…" „Nenn den lieben Gott doch nicht immer *Chef*. Das ist so…Na ich weiß auch nicht… Nicht gut eben." „Ist ja schon gut. Dann eben zum Boss." „Fips!" „Was denn?" Krümelchen gab auf. Sein Freund und sein loses Mundwerk hatten ja auch etwas herrlich Lockeres und wer Fips kannte, wusste, dass ihm nichts ferner lag, als andere zu beleidigen. Außer vielleicht Praezisikus. Der schien es sich tatsächlich mit Fips verscherzt zu haben. „Also nochmal. Wenn alles gut geht, bringt uns der bärtige Petrus da unten direkt zum Boss und du kannst endlich zu deiner Mama." „Und wenn nicht?" Fips sah ihn ernst an. „Dann, Krümel, war alles umsonst." Krümelchen war so unglaublich angespannt, dass es ihm unmöglich war klar zu denken. Aber eines wusste er. Mit seinem hell leuchtenden Schein, war es ihm unmöglich geworden weiter durch die Ebenen zu huschen ohne entdeckt zu werden und es gab keine Möglichkeit mehr sich Wolkenstaub zu besorgen, den sie hätten benutzen können. „Tun wir's,

Fips." „Ja?? Einfach so? Ohne Diskussionen oder Zweifel?" „Mit riesigen Zweifeln und einer immensen Panik! Aber ohne Diskussionen." „So gefällst du mir. Ich denke auf Erden würde man Bücher über uns schreiben, Krümel. Wir sind die geborenen Superhelden." „Da bin ich nicht sicher, Fips. Aber was hast du vor?" „Siehst du die riesige Ebene da unten?" Sie spähten von ihrer Wolke, die direkt vor dem goldenen Himmelstor schwebte, nach unten. „Du meinst die Ebene hinter dem Tor?" „Ja, die meine ich. Das ist die Ebene der Rückkehrer. Ich bin mir sicher. Sie soll die größte Ebene sein, die es hier im Himmelreich gibt. Und im Atlas stand, dass sie nahe der glorreichen Ebene liegt und hinter einem goldenen Tor, vor dem Petrus wacht. Ich habe ein Bild von Petrus in vielen Büchern gesehen. Er ist es. Glaub mir." „Du meinst Petrus ist für die Rückkehrer zuständig?" „Ganz genau. Er ist der Wächter der *rückkehrenden Seelen*. So steht es geschrieben. Er empfängt sie und führt sie zusammen. Er nimmt ihnen die Ängste und Schmerzen und lässt sie auf seiner Ebene regenerieren. Die Rückkehrer verbringen einige Zeit auf dieser Ebene. Jeder solange er benötigt. Manche verbringen hier halbe Ewigkeiten. Wieder andere reisen schon bald wieder zur A.S., wo sie auf ihr neues Leben auf Erden vorbereitet werden. Und dann gibt es noch Rückkehrer, die Teil im ewigen Himmelsgefüge werden. So wie die Ammen- Lehr- und Wächterengel." „Wow, Fips. Du kennst dich ja richtig gut aus." „Oh, Krümel, bitte versprich mir, dass du auf Erden wenigstens ab und zu die Nase in ein Buch stecken wirst." Krümelchen lachte. „Aber weiter: Die Rückkehrer haben natürlich keinen Schein." „Aber das ist doch unser größtes Problem, oder nicht?" „Einerseits ja. Andererseits...was, wenn Bobo recht hatte und Petrus eine rechte Petze ist?" „Fips, ich erkenne immer nur noch mehr schlechte Fakten für uns in deinem Plan. Ich weiß wirklich nicht, wie uns das auf irgendeinem Weg noch positiv entgegenkommen soll? Die Situation ist schrecklich." „Aber Krümel. Wenn Praezisikus jemanden verpfeift. Zu wem geht er dann?" „Zu Hosannia oder Clemensius." „Eben. Weil sie nun einmal die Vorgesetzten auf der Station der Seelenengelchen sind. Die Chefs, wenn du so willst. Und was denkst du – zu wem geht Petrus?" „Du meinst..." „Ja! Zum Boss!" „Aber vielleicht hat ja auch Petrus noch einen Vorgesetzten." „Nein. Das glaube ich nicht. Die Rückkehrstation ist die Station, die an die glorreiche Ebene angrenzt. Hier wird über all die Seelen, die in den Himmel zurückkehren entschieden. Petrus obliegt alle Verantwortung für die Rückkehrer. Er ist der Chef der Ebene. Ich bin mir sicher. Alle anderen Wächter und Hilfsengel hier unterstehen ihm. Wenn also Petrus eine Beschwerde vorzubringen hat, dann wird er derjenige sein, der am ehesten an den Boss rankommt." „Fips...wie du schon wieder redest." „Ist doch jetzt egal. Was meinst du?" „Und du willst dich jetzt von Petrus erwischen lassen, in der Hoffnung, dass er uns zum lieben Gott bringt um uns bei ihm zu verpetzen?" „So ungefähr. Bobo sagt, Petrus ist ein echt netter Kerl, aber beim Regelbruch hört sein Humor auf. Da wird er zur Petze. Und er hat auch gesagt, dass Petrus und der Boss sich sehr oft sehen und austauschen. Schon wegen der Rückkehrer." „Und dieser Bobo ist vertrauenswürdig?" „Na hör mal, Krümel. Er ist mein Glorinchen Freund. Und *er* hat mich nicht verpetzt, als ich ein paar der Glorinchen in der Bäckerei selbst verputzt habe." „Hm...aber Fips, was ist mit den Erzengeln?" „Die sind doch so sehr mit den Erdlingen und der Schutzengelverteilung beschäftigt. Ich denke nicht, dass sie bei einem Anliegen, wie dem Bestrafen zweier Ausreißer, mitmischen werden." „Ok. Dann machen wir es. Wie packen wir es an?" „Ich denke wir mischen uns unter die Rückkehrer. Einer wird uns sicher bei Petrus melden. Und dann..." „Werden wir verpetzt und zum lieben Gott gebracht." „Hoffentlich. Ein bisschen improvisieren müssen wir schon. Denn es ist uns nicht geholfen, wenn Petrus uns einfach zurückbringen lässt. Wir müssen also klar machen, dass wir nicht mehr in der körperlichen Verfassung sind um unversehrt zurückgebracht zu werden. Und gleichzeitig dürfen wir keinen zu schwachen Eindruck machen. Sonst werden wir gleich eingebettet und in die A.S. gesteckt." „Das klingt nach ziemlich vielen möglichen Komplikationen." „Ja, ich weiß. Aber irgendwie denke ich, dass es klappen könnte." „Könnte?" „Mehr kann ich nicht versprechen, Krümel. Aber ich werde alles tun, damit es funktioniert. Ganz ehrlich. Freundschaftsschwur." Krümelchen musste lächeln. Natürlich würde Fips alles tun. Das hatte er ja schon längst. Er hatte alles – wirklich alles gegeben. Und nun war es an Krümelchen ihm zu vertrauen. „Legen wir los!" „Alles klar. Ach und Krümel..." „Ja?" „Wenn etwas schief gehen sollte, dann sehen wir uns irgendwann auf der Rückkehrer Ebene wieder. Ganz sicher. Ich werde da sein und auf dich warten und du hoffentlich auch auf mich." Etwas Seltsames ging in den beiden vor.

Etwas, das ganz und gar nicht zu himmlischen Gefühlen passte. Fips Augen füllten sich mit Wasser. Mit viel Wasser. Und das Wasser tropfte an ihm herab. Es rötete seine kleinen Augen und auch Krümelchen spürte plötzlich Wasser über sein Gesicht rinnen. Ohne ein Wort zu sagen, nahmen sich die beiden Freunde fest in den Arm. So fest, dass sie kaum mehr atmen konnten. „Alles werde ich auf Erden vergessen haben. Alles. Nur dich nicht, Fips. Dich niemals."

„Sie hat die Operation gut überstanden. In etwa vier Stunden können sie die kleine Dame abholen. Sie wird noch schwach sein und muss eine Halskrause tragen. Doch wir sind sehr zufrieden." „Das ist ja wunderbar! Vielen Dank!"

Laurie war überglücklich. Die ganze Nacht über hatte sie wach in ihrem Bett gelegen. Sie hatte kein Auge zu tun können und sich mit schlimmsten Ängsten gequält. Gleich um 07:00 hatte sie die Praxis aufgesucht um Artemis vor ihrer Operation zu besuchen. Trotz der Schmerzen, die die Katze haben musste, hatte sie leise geschnurrt, als Laurie ihr über den Kopf gestrichen hatte. Doktor Müller, der seinen freien Sonntag für den so notwendigen Eingriff opferte, war schon mitten in den Vorbereitungen gewesen und bereits um halb acht wurde Laurie gebeten nach Hause zu fahren und auf die telefonische Rückmeldung der Praxis zu warten. Das hatte sie dann auch getan. Gewartet und nichts als gewartet. Es hatte sich angefühlt wie eine halbe Ewigkeit. Sie hatte weder essen noch trinken können und Adam, dessen Appetit größer als je zuvor zu sein schien, hatte sehr bereitwillig auch Lauries Portion Lasagne verspeist. „Hast du wirklich gar keinen Hunger?" Hatte er sie immer wieder gefragt. Während er schmatzend eine Gabel nach der anderen in den Mund gesteckt hatte. „Nein, Schatz. Wirklich nicht." Das war zwar so nicht ganz richtig gewesen, denn Hunger hatte Laurie schon gehabt, die Aufregung und Angst um Artemis allerdings, hatten es ihr unmöglich gemacht, auch nur einen winzigen Happen zu essen.

„Doktor Müller wird, wenn sie eingetroffen sind, noch eine Ultraschalluntersuchung vornehmen und ihnen anschließen erklären, worauf sie zu achten haben." „Verstanden. Ich werde in vier Stunden da sein.

„Na? Was sagen sie? Adam stand – immer noch kauend- im Türrahmen und hielt sich den Bauch. „Wie kann man nur so viel essen?" „Was? Sie frisst schon? Das ist ja klasse." „Nein. Ich meinte doch dich, du Vielfraß." „Mich? Na einer muss doch essen, was du nicht magst und außerdem, wo deine ganze Aufmerksamkeit in der nächsten Zeit der kleinen Katze gewidmet sein wird – wer weiß wann ich da wieder etwas Herzhaftes zwischen die Kiemen bekommen werde." „Oh herrje…du Armer." Laurie boxte ihn in die Rippen. „Keine Angst. Du wirst nicht verhungern. Es ist genug Katzenfutter für euch beide da." „Du unverschämtes Biest! Na warte…" Adam rannte hinter Laurie her, die vor ihm ins

Schlafzimmer flüchtete, sich wie ein kleines Kind auf ihr Bett fallen ließ und die Decke über ihren Kopf zog. „Denkst du etwa ich sehe dich nicht?" Laurie lachte. „Nein, ich denke du bist so vollgegessen, dass du dich nicht einmal herunterbeugen kannst." „Oh...das darf doch nicht wahr sein. Weg mit der Decke!" Adam warf sich neben Laurie auf das Bett und kitzelte sie, bis sie um Waffenruhe schrie. Dann zog er sie an sich und sah ihr tief in die Augen. „Wann haben wir das letzte Mal so herumgealbert, Süße?" „Ich weiß nicht. Es ist schon lange her." „Zu lange." Er strich ihr sanft durch das zerzauste Haar und küsste sie. Wie sie es genoss in seinen Armen zu liegen. Wie sie sich sehnte nach ihm und seiner Liebe. Und das, obwohl sie nun schon so lange ein Paar waren. „Wann musst du zur Praxis?" „Gegen 16:00 Uhr". „Prima, dann gehörst du jetzt noch volle vier Stunden mir." Er küsste sie so innig, dass ihr schwindelig wurde und Laurie wusste, dass sie in den ganzen letzten zehn Monaten keine solche Leidenschaft verspürt hatte, wie in diesem Moment. Und auch Adam musste so empfinden. Denn selten hatte sie ihren Mann zärtlicher und gleichzeitig forscher erlebt. Endlich waren sie wieder ein Paar. Ein Liebespaar. Sie waren wieder dabei sich zu finden, fernab aller Kinderwünsche und jedem *Fruchtbarkeitssex*. Einfach nur Laurie und Adam. Und es war einfach himmlisch.

Es waren die schönsten Stunden seit Ewigkeiten für Laurie gewesen. Erst jetzt war ihr klar, wie sehr sie die freie und natürliche Liebe zwischen ihnen vermisst hatte. Ohne Druck und Zwang. Einfach nur wunderbar. Sie hatte sich gefühlt wie die schönste und begehrenswerteste Frau dieses Planeten und das obwohl sie an diesem Tag noch nicht einmal die Nerven gehabt hatte sich zu schminken und ordentlich zurecht zu machen. In einer knappen Stunde durfte sie ihre kleine Artemis endlich abholen und die Zeit davor, wollte sie nutzen um sich einigermaßen vorzeigbar zu machen. Sie stellte sich unter die Dusche und ließ das heiße Wasser an ihrem Körper hinablaufen. Das Kokosshampoo, das sie so liebte, füllte das ganze Badezimmer mit dem exotischen Duft und Laurie fühlte sich wie ein neuer Mensch, als sie aus der Dusche auf das wohlig warme und weiche Handtuch stieg, das sie kurz zuvor noch aus dem Trockner geholt hatte und begann sich abzutrocknen. Adam war eingeschlafen und schnarchte entspannt vor sich hin. Sie zog ihm die Decke über die Schultern und betrachtete ihren Bauch, der sich vor Kurzem noch leicht gewölbt hatte, vor dem Schlafzimmerspiegel. „Vielleicht muss ich es einfach hinnehmen, dass du nicht bereit für uns warst, " flüsterte sie vor sich hin und strich über ihren Nabel. Dann ging sie zurück, föhnte ihr Haar, legte ihr übliches Make-up auf und zog sich an. Es würde nicht leicht werden, Adam zu wecken, wenn er so tief schlief. Doch er wollte dabei sein, wenn sie die kleine Katze abholte und so blieb ihr nichts anderes übrig, als sich an die Arbeit zu machen, den schlafenden Bären wach zu bekommen.

Das Wartezimmer war leer und auch die Praxis wie ausgestorben. Kein Wunder, denn schließlich war es auch ein Sonntag. Dennoch hatte es eine seltsame Wirkung, die gestern noch so überfüllten Räumlichkeiten vollkommen leer und still vorzufinden. Doktor Müller begrüßte sie beide sehr freundlich und führte sie sofort zu Artemis, die noch in einem kleinen Körbchen auf einem Rollwagen schlief und sich von der Narkose erholte. „Eine sehr tapfere Lady", sagte er und schob den Wagen zu Laurie und Adam. „Ja, das ist sie", antwortete Laurie. Artemis erkannte sie sofort und versuchte sich zu erheben. „Bleib liegen, Süße und streng dich nicht an. Wir nehmen dich jetzt mit nach Hause." „Jetzt machen wir noch eine Ultraschalluntersuchung, dann können sie Artemis mitnehmen. Die Untersuchung ging schnell und das Ergebnis war überraschend positiv. Alle vier Katzenbabys hatten den Eingriff überlebt. Eines war immer noch das große Sorgenkind und Doktor Müller prophezeite zum zweiten Mal, dass es vermutlich nicht durchkommen würde. Dennoch hatte die Narkose ihnen nichts anhaben können. „Wir müssen es eben beobachten." Doktor Müller gab ihnen noch sämtliche Instruktionen bezüglich Schonung, Reinigung der Wunde, Verbandswechsel, Futter und vielem anderen, dann konnten sie endlich nach Hause fahren. Der Arzt war so freundlich gewesen, ihnen einen Transportkorb für Artemis zu borgen und so war es ein Leichtes die kleine Katze bequem zu chauffieren. „Denkst du es gefällt ihr bei uns?" „Warum nicht? Ich habe den größten und üppigsten Kratzbaum besorgt, den ich habe kriegen können. Zudem eine Toilette, zwei Kuschelnester, einen Spieltunnel und jede Menge anderen Kleinkram." „Und ich habe die gelbe Kuscheldecke." „Du meinst die…die…" „Ja, die Babydecke." Adam schluckte. Er wollte etwas fragen, das spürte Laurie sofort, doch er wagte es nicht. Er wollte ihre neugewonnene Leichtigkeit nicht gefährden. „Es ist alles gut, Adam. Die Decke ist weich und kuschelig und genau das richtige für Artemis. Und vielleicht, wenn wir viel Glück haben, auch für ihre Babys. Ich bin glücklich sie ihr geben zu können." Man konnte Adams Aufatmen wahrlich spüren. „Das ist schön, Schatz." „Ja. Das finde ich auch. Und wer weiß, solltest du auch bald gebären, kommt die Decke ja eventuell wieder zum Einsatz." „Was soll denn das heißen?" „Dass dieser Bauch nicht einfach nur die Lasagne von mittags sein kann." Sie lachten und trugen Artemis in ihre Wohnung. Ein Stück weit, kam es Laurie so vor, als wären sie schon jetzt eine kleine Familie.

Krümelchen – *Die Reise*

Ihre Gefühle hatten die beiden sehr mitgenommen. Es hatte ein Weilchen gedauert, ehe sie sich wieder gefasst hatten um ihren Plan in Angriff zu nehmen. Doch sie waren sich einig es tun zu müssen. Jetzt und hier. So wie Fips es gesagt hatte. Sie schlichen sich vorsichtig durch das Wolkentor ohne gleich von Petrus entdeckt zu werden. Wenn sie erst einmal die Rückkehrer Ebene betreten haben würden, so dachten sie, wäre es nicht mehr so leicht für Wächterengel Petrus nachzuvollziehen, woher die beiden kamen und vor allem, wie lange sie schon in der Ebene verweilten. All das wäre wichtig für den Ausgang ihres Plans. Darin waren sie sich sicher. Und tatsächlich war es ihnen gelungen unbemerkt durch das Tor zu huschen. Eigentlich war es so einfach gewesen, dass sie es selbst kaum glauben konnten. Die Rückkehrer - Ebene war wunderschön. Ein sanfter rosa Farbton lag über den Wolken und tauchte die Ebene in ein wärmendes Licht. Die Wolken waren fluffig und weich und es roch nach Vanille und Zimt. „Gar nicht so schlecht hier", wisperte Fips. „Ja, du hast recht." Die Rückkehrer - Engel waren ein sehr harmonisches Volk. Sie saßen beieinander, unterhielten sich, spielten Spiele oder lagen einfach in den Wolken und träumten vor sich hin. Der ein oder andere sang auch oder gab kleine Melodien auf diversen Instrumenten wieder. Es war so friedvoll hier. Krümelchen wusste nicht wie es möglich sein sollte, hier Aufmerksamkeit auf sich zu lenken. Alle wirkten so ausgeglichen, dass die meisten gar nicht bemerkten, wie sie so offenkundig fehl am Platz durch die Ebene spazierten. „Krümel, die ignorieren uns total." „Ja, das habe ich auch schon bemerkt. Was machen wir denn jetzt?" „Du musst meinen Schein vom Wolkenstaub säubern. Da hinten. An dem Brunnen mit den goldenen Verzierungen." „Gut. Nichts wie hin." Der Brunnen war wunderschön und stand, soweit die beiden das beurteilen konnten, recht zentral. Vielleicht bildete er sogar genau den Mittelpunkt der Rückkehrer - Ebene. Das Wasser im Brunnen spiegelte einen Regenbogen und funkelte regelrecht im rosafarbenen Licht. Krümelchen tauchte seine Händchen vorsichtig in das Wasser. Es war angenehm temperiert und in Krümelchen stieg das Gefühl hoch, hineinspringen zu wollen und sich in diesem wunderschönen, warmen Regenbogenwasser zu baden. Doch seine Gedanken wurden von einer forschen Stimme unterbrochen. „Hey! Du da! Was machst du denn da? Das ist ein Trinkbrunnen. Kein Handwaschbecken." Ein recht erzürnt wirkender Engel kam auf ihn zu. „Schnell Krümel, wasch mir den Schein ab!" „Petrus! Petrus! Komm und sieh dir das an!", schallte es ihnen entgegen. Krümelchen beeilte sich so sehr er konnte. Er sammelte so viel Wasser, wie es ihm möglich war in seinen kleinen Händchen und kippte seinem Freund, der es schaudernd aber tapfer hinnahm, immer wieder kleine Schwalle über dessen Kopf. Langsam, wurde ein Glimmern sichtbar. „Nicht aufhören, Krümel. Sie sind gleich da!" Krümelchen zitterte. Wenn das nur gut gehen würde. Er wusste wieviel Überwindung seinen Freund diese nasse Dusche kostete. Wieder schüttete er Fips das Wasser über den Schein und tatsächlich kam ein tief rot leuchtendes Licht zum Vorschein. „Ich wusste es...", murmelte Krümelchen, während er seinen Freund anstarrte, der nur mild lächelte und entgegnete: „Ich auch, Krümel. Ich auch." „Was soll das denn? Was tut ihr denn hier? Ihr gehört hier nicht her. Seid ihr etwa...Seelenengelchen? Und du? Du gehörst doch in die R.S..." Der liebe Petrus, der tatsächlich eine imposante Erscheinung war, kam aus dem Schimpfen gar nicht mehr heraus und Fips und Krümelchen, ertrugen ihre Schälte geduldig. Sie hofften inständig, dass ihr Plan aufgehen würde. Sie hofften nicht nur, sie bettelten, flehten und beteten innerlich. Sofort raus aus der Rückkehrer - Ebene mit euch. Wie kommt ihr denn eigentlich hier her? Ihr seid doch nicht etwa...nein...das kann doch nicht sein...ich wüsste nicht wie..." In seiner Erregung, kräuselte er mit seinen Fingern immer wieder seinen unglaublich langen und dichten, grauen Bart. „Petrus", wandte ein anderer Engel sich dem großen Wächter zu. „Was sollen wir denn jetzt mit ihnen machen?" „Hm...hm..." „Los verpetze uns", murmelte Fips vor sich hin und Krümelchen hätte in dieser furchtbar schrecklichen Situation beinahe auch noch lachen müssen. „Nun...sie stehen so krumm. Alleine können wir sie nicht durch die Ebenen zurückschicken. Sie sind nicht stark genug." Der andere Engel nickte zustimmend. „Wie heißt ihr, ihr zwei Lause-Engel?" „Ich...ich..."Krümelchen wagte es nicht seinen Namen auszusprechen. „Das ist Krümel und ich bin Fips." „Aha. Und was wollt ihr hier?" „Uns umsehen", sagte Fips trotzig. Er hatte Mut. Das musste Krümelchen zugeben. Unbeirrt verfolgte er sein Ziel. „Und warum gerade hier?" Petrus klang jetzt leicht erzürnt. „Weil wir der Meinung sind, dass wir hier nirgends so richtig hingehören, Petrus." Krümelchen erschrak. Fips wagte es tatsächlich den Wächterengel mit seinem Namen anzusprechen. Das musste Ärger geben. „Ach, du kennst mich?" Petrus Stimme donnerte mittlerweile schon regelrecht und Krümelchen wurde das Gefühl nicht los, dass das hier böse enden würde. „Klar kenn ich dich. Wir wissen, dass wir nicht mehr ins Seelenkinderzimmer gehören. Da ist etwas schiefgelaufen, Petrus. Darum sind wir hier, ob du es glaubst oder nicht." Oh nein, oh nein…das würde definitiv Ärger geben. Krümelchen schluckte hörbar und konnte kaum noch atmen. „Du kleines Seelen Bengelchen wagst es die Entscheidungen unseres Herrn anzuzweifeln?" „Nein." Fips Stimme war immer noch standhaft. Wie er das nur machte? Krümelchen war sich sicher, dass er selbst die nächsten zwei Himmelswochen kein Wort mehr über die Lippen bekommen würde. „Ich zweifle keine Entscheidung an. Ich sage, dass eine Entscheidung nicht richtig umgesetzt worden ist. Und deshalb sind wir hier." „Papperlapapp!" Petrus Gesicht war nun purpurrot. „Diesen Unsinn höre ich mir nicht länger an. Ungehorsam ist keine Tugend! Informiert Praezisikus, er soll diesen Unhold hier abholen und endlich auf Reise schicken. Sein Schein ist ja schon mehr als rot. Und diesen kleinen Bibberling da unten, steckt ihr in die nächste Kuschelwolke und wenn er ausgeschlafen hat, werden wir ihn Hosannia zuführen. „Nein!!!" Krümelchen nahm allen Mut zusammen und schrie so laut er schreien konnte." Alles um ihn herum verstummte und selbst der große und erhabene Petrus stand starr und schweigend vor ihm. „Das dürfen sie nicht tun! Bitte nicht!" Krümelchen brach zusammen. Sein kleiner Körper begann zu beben und all die Last, die Angst und die Aufregung der letzten Tage, fiel über ihn herein. Er hatte so gelitten und gekämpft. Sein Freund hatte alles auf's Spiel gesetzt. So durfte das hier nicht enden. Und plötzlich brach das Wasser aus Krümelchens Augen. So sehr, dass er nicht mehr sehen konnte. Er schluchzte und wimmerte und sein Atem stockte bei jedem Wort erneut. „Bitte lieber, lieber Petrus. Nimm mir jetzt nicht meinen Freund weg. Er ist alles was ich noch habe. Meine Mama habt ihr mir ja schon weggenommen." Nun begann auch Fips zu zittern. Seine Augen waren rot gerändert und füllten sich ebenfalls mit Wasser. Die beiden Freunde griffen nach ihren Händen und hielten sich fest. So fest, dass es schmerzte. „Fips, ich habe dich so lieb." „Ich dich auch, Krümel." Diese Worte schienen etwas in Petrus bewegt zu haben, denn er sah die beiden Seelchen mit einem Mal sehr nachdenklich an. Niemand wagte es auch nur ein Wort zu sagen. Auf der ganzen Ebene hörte man einzig und allein das Schluchzen der beiden Engelchen. Krümelchen war so von seinem Schmerz und seiner Verzweiflung erfüllt, dass er nicht bemerkte, wie jemand ihn und seinen Freund Fips nach oben hob. Er versank in sich und seiner Traurigkeit. Seine Erschöpfung war mittlerweile größer als seine Kraft und es war ihm nicht mehr möglich erneut Stärke anzusammeln. Die beiden Freunde lagen sich in den Armen und ließen sich nicht los. Sie nahmen nicht einmal wahr, wie der große Petrus sie in seinen Armen heraus aus der Rückkehrer - Ebene trug und langsamen aber sicheren Schrittes mit ihnen auf die göttliche Ebene zuging.

Artemis hatte sich in den letzten Tagen sehr gut eingelebt. Mittlerweile war es ihr sogar möglich zum Fressen aufzustehen und zu ihrem Napf zu humpeln. Ihre Gewichtszunahme der Trächtigkeit wegen, erschwerte die Heilung des Beines etwas, dennoch fand sie sich gut zurecht und Doktor Müller war mit dem Heilungsprozess zufrieden. Die vier Kitten entwickelten sich ebenfalls, wobei ihr Sorgenkind immer noch auf der Kippe stand. Laurie fühlte sich seltsamerweise gerade zu diesem kleinen Wesen ganz besonders hingezogen. Adam schob es auf die vermehrte Sorge, die dem kleinen Nachzügler zukam, doch Laurie konnte es nicht so einfach erklären. Doktor Müller war der Meinung, dass es bis zur Geburt der kleinen Katzenbabys, noch 10 bis 14 Tage dauern würde und Laurie hatte so noch genug Zeit alles für die Ankunft der kleinen Babys vorzubereiten. Adam hatte ihren Vermieter bereits über ihren, unvorhergesehen, Familienzuwachs informiert und war – Gott sein Dank – auf sehr viel Verständnis gestoßen. Denn auch wenn er nicht begeistert gewesen war, was die Haustierhaltung in seiner Wohnung anbelangte, so erklärte er sich damit einverstanden, alles zu dulden, bis eine Dauerlösung gefunden worden war. Adam war damit zufrieden. Laurie hingegen nicht. Sie war natürlich froh, dass es keine Probleme mit Artemis Aufnahme gab, dennoch war es der eindeutige Hinweis, dass ihr Vermieter eine Haustierhaltung für längere Zeit nicht dulden würde. Laurie sorgte sich sehr deswegen und um sich abzulenken, steckte sie all ihre Energie in Artemis und die Ankunft der Jungen. Meist nahm sie die immer noch sehr bewegungseingeschränkte Artemis mit in die Arbeit, was keinerlei Problem darstellte, da Laurie in der Kunstgalerie ein Büro besaß, das drei große Räume umfasste. Die Ausstellungsräume waren davon getrennt und auch der Kundenempfang fand nicht in ihren Büroräumen statt. Der komplette Gebäudekomplex gehörte ihrem Kollegen und Geschäftspartner Vincent. Vincent war einer der kreativsten und sensibelsten Menschen, die Laurie kannte und sie zählte ihn zu ihren engsten Freunden. Da er selbst täglich seinen Hund mit zur Arbeit brachte, stand dieser dem Mitbringen von Artemis absolut aufgeschlossen gegenüber, was Laurie den täglichen Gang zur Arbeit deutlich erleichterte, hätte sie Artemis doch nur ungern alleine zuhause gelassen. Für die Zeit der Ankunft der Katzenbabys hatte sie schon zwei Wochen Urlaub mit ihm aushandeln können, unter der Bedingung, dass er bei vier gesunden Kitten, eines bekomme würde. Wenn Laurie die Kleinen schon würde abgeben müssen, so war es natürlich Balsam auf ihrer Seele, eines davon bei einem so lieben Menschen wie Vincent und seinem Lebensgefährten Adrian zu wissen. Doch so schnell wollte sie sich damit noch nicht auseinandersetzen. Schließlich waren es Artemis Babys. Und Artemis alleine, sollte die Zeit mit ihnen genießen, ehe es für die Katzenjungen üblich war, eigene Wege zu gehen. Artemis hatte keine Probleme mit den räumlichen Wanderungen in Lauries Büro. Sie lag in ihrem Körbchen auf ihrer kuschelweichen Babydecke und sah Laurie bei ihren Organisations- und Planungsarbeiten zu, lauschte geduldig all den Telefonaten, die sie zu führen hatte und verweilte brav und meist tief schlafend im Büro, während ihr Frauchen Kundentermine wahrnahm. Hin und wieder huschte Vincent durch die Galerie in Lauries Büro um Artemis zu besuchen. Er war ganz verzückt von der kleinen schwarzen Katze mit den smaragdgrünen Augen und dem so tiefgründigen Blick. „Oh du wunderschöne Dame...", pflegte er immer zu sagen. „Wenn ich meinen Adrian je für ein Lebewesen der weiblichen Gattung verlassen würde, dann für dich." Artemis neigte dann immer ihren Kopf zur Seite und sah ihn ganz verliebt an, als würde sie seine Worte verstehen. Für Laurie war es ein Schauspiel der Extraklasse, dem sie nur zu gerne täglich beiwohnte. Sie hatte sehr viel Glück mit einem Geschäftspartner wie Vincent. Er war ehrlich, loyal und fleißig. Und er war der einzige ihrer Freunde, der ihr ein geborgenes Gefühl gegeben hatte, als sie ihr Kind verloren hatte. Er war es, der ihren Schmerz ein Stück weit mittragen konnte, wusste er doch um die Verzweiflung und Angst kein eigenes Kind haben zu können. Adrian und er hatten sich vor einigen Jahren auch nichts sehnlicher gewünscht, als ein Kind zu haben. Doch war ihnen auch bewusst, dass dieses Kind einen schwereren Stand in der Gesellschaft haben würde, als Kinder aus klassischen Ehen. Darum hatten sie sich schließlich dazu entschieden, ein Leben ohne Kinder zu führen. Ein schwerer Schritt, doch wie Vincent immer zu ihr sagte: „Bis du ihn gegangen bist, ist es die Hölle. Wenn du den Schritt dann gewagt hast, wird alles einfacher." Sie wusste, was er damit meinte. Also adoptierten die beiden den kleinen Remus. Einen Cockerspaniel, den man als Vincents Schatten bezeichnen könnte, weil er ihm auf Schritt und Tritt folgte, seit er ein Welpe war. Remus war ein äußerst gutmütiger Hund und Laurie mochte ihn sehr. Einzig seine Gefräßigkeit war manchmal anstrengend. Unzählige Male schon war Laurie mit knurrendem Magen nach Hause kommen, da das süße Schlappohr ihr das Sandwich aus der Handtasche gestohlen hatte. Sie nahm es ihm nicht übel. Was wäre ein Lebewesen ohne seine Macken. Totlangweilig. Artemis hingegen war von Remus nicht ganz so überzeugt. Nicht, dass sie den kleinen Kerl nicht mochte. Im Gegenteil, sie fand ihn recht interessant und beschnupperte ihn bei jedem seiner Besuche ausgiebig und von oben bis unten. Allerdings hatte Remus die Vorliebe Artemis abzulecken und das gefiel ihr überhaupt gar kein bisschen. So musste der arme Kleine schon des Öfteren ein Fauchen hinnehmen, wenn es ihr zu viel wurde. „So sind sie, die Frauen", lachte Vincent dann immer und Laurie konnte nicht anders, als mitzulachen. Heute war Laurie bereits früher nach Hause gegangen. Vincent war dabei die Räumlichkeiten für eine Ausstellung neu zu dekorieren und da der Künstler der Vernissage Vincents persönlicher Kunde war, hatte Laurie nicht viel zu tun. Vor allem aber war sie schon nach Mittag in die Wohnung gefahren, weil Adam sie angerufen hatte und etwas Dringendes mit ihr besprechen wollte, das nicht warten konnte. Laurie hatte es regelrecht mit der Angst zu tun bekommen, da Adam nicht der Typ für außerplanmäßige Dinge war und schon gar nicht für Termine außerhalb ihrer beider Freizeit. Adam war – genau wie Laurie – eher ein Workaholic und kam selten vor 20:00 Uhr abends nach Hause. Warum er sie also ausgerechnet heute hatte früher Schluss machen lassen, war ihr ein Rätsel, das sie nervös machte. Artemis ließ sich von Lauries Unruhe nicht mitreißen. Sie schlummerte in ihre Decke gekuschelt und regte nur dann und wann den Kopf, wenn sie Geräusche vernahm, oder Laurie ihr über das Fell streichelte.

„Ich bin da!", schalmaite Adam durch den Flur. Er klang gut gelaunt und etwas von Lauries Sorge verflüchtigte sich. „Ja, ich auch, Schatz. Aber was ist denn nun so wichtig, dass wir beide früher nach Hause kommen müssen? Ich meine…ist es etwas Schlimmes?" „Ach Schatz, warum muss es bei dir denn immer gleich etwas Furchtbares sein? Nein. Im Gegenteil. Ich finde es großartig. Ich bin mir noch nicht sicher, wie du es finden wirst, darum falle ich jetzt einfach mal mit der Tür ins Haus und danach kannst du mich dann massakrieren und vierteilen. In Ordnung?" „Oh je…das klingt ja doch schlimm…" „Ach was….ich mache es kurz und schmerzlos. Ich habe ein Haus gekauft." Laurie traute ihren Ohren nicht. Sie starrte Adam an und wusste nicht was sie sagen sollte. Sie wusste nicht einmal was sie sagen wollte. „Oh…Liebes….keine Angst.

Ich habe es natürlich noch nicht wirklich gekauft. Ich habe es reservieren lassen. Weil...naja...du weißt schon wegen Artemis und unserem Vermieter und weil wir doch schon immer von einem kleinen Garten geträumt haben. Außerdem wärst du viel näher bei deiner Mutter. Also quasi in 20 Minuten Fußmarsch. Und es liegt schön und ruhig...und...ich weiß...das ist eine Entscheidung, die man nicht alleine treffen darf und das will ich auch nicht. Ich dachte nur, wo du doch jetzt so lange traurig warst und ein Tapetenwechsel wäre vielleicht genau das Richtige für uns. Ein bisschen frische Luft. Ein kleiner Garten, ein eigenes Heim nur für uns und natürlich Artemis." Laurie brachte noch immer kein Wort hervor. „Wir können es natürlich auch lassen und vergessen das Ganze einfach. Ich...weißt du... ich wollte dich nicht auch noch mit finanziellen Sachen langweilen und habe einfach einmal bei der Bank angefragt. Und es würde klappen. Sehr gut sogar. Und wir beide hätten keinen viel weiteren Weg zur Arbeit. Bei dir wäre es sogar kürzer...ach Laurie...bitte sag doch was. Ich wollte, dass du heute früher nach Hause kommst, weil ich dir das Häuschen gerne zeigen möchte und der Makler hat nur heute Zeit. Ich will nicht riskieren, dass es ein anderer Interessent wegschnappt, bevor du es nicht gesehen hast. Bitte sei nicht böse auf mich...ich wollte dich nicht ausschließen...ich wollte wirklich nur..." „Adam, ich liebe dich. Lass uns fahren. Wo geht es hin?" „Du willst es dir also ansehen?" „Na und ob...ich weiß gar nicht, was ich sagen soll. Ich...Ehrlich gesagt, hatte ich in den letzten Monaten so oft das Gefühl alleine zu sein. Und dass du meine Gefühle nicht nur nicht verstehst, sondern, dass sie dir auch egal sind. Ich war so unglaublich traurig. Mein Leben war stehen geblieben und du bist weitergegangen. Ich war so einsam...und dann neulich in der Praxis. Die Sache mit Artemis. Ich kann dir gar nicht sagen, wie glücklich du mich gemacht hast. Und jetzt...ein neues Zuhause? Ein eigenes Zuhause?" Laurie hatte Tränen in den Augen und Adam schloss sie in seine Arme. „Ich bin so froh. Aber nun schau es dir erst einmal an. Vielleicht willst du mich nach dem ersten Blick darauf ja bereits lynchen." Laurie schob Artemis ihr Fressen und den Wassernapf an ihr Körbchen, so wie sie es immer tat, wenn sie das Haus ohne sie verlassen musste und packte ihre Handtasche. „Wir sind bald zurück, Artemis." Sie war so aufgeregt. Was würde auf sie zukommen?

Das kleine Häuschen lag mitten im Grünen in einem kleinen Vorort der Stadt. Laurie kannte den Ort nur zu gut, war sie doch selbst im Nachbarort aufgewachsen. An dieses Haus jedoch konnte sie sich nicht mehr erinnern. Der Garten war komplett eingewachsen. Eine Hängematte war noch zwischen zwei Obstbäumen befestigt und dahinter war viel Platz um eventuell einen kleinen Gemüsegarten anzulegen, so wie Laurie es sich immer schon erträumt hatte. Das Haus war klein, aber gemütlich. Ein Einfamilienhaus mit einer kleinen Küche, einem Wohn-Esszimmer, einer Toilette und einem Arbeitszimmer im Erdgeschoß. Der Keller war winzig. Jedoch gab es dort eine Waschküche und eine kleine Werkstatt, sowie einen Raum, der von den momentanen Besitzern als Abstellraum genutzt wurde. Im Obergeschoß fanden sich drei Schlafzimmer und ein Bad mit Fenster. „Und jetzt habe ich noch etwas Besonderes für dich, mein Schatz." „Ach ja? Was denn?" Laurie hatte keine Ahnung, was jetzt auf sie zukommen würde. Sie stieg hinter Adam und dem Makler eine weitere Treppe nach oben. „Wow", war das Einzige, was ihr einfiel. Das Dachgeschoß war vom Besitzer in ein Atelier umfunktioniert worden. Eine Gaube und ein Panoramafenster waren die Schmuckstücke dieses riesigen Raumes. Freigelegte Holzbalken über ihnen, verströmten Altbauflair und die kleine Schlafluke, die man in den Giebel eingebaut hatte, und die nur mit einer kleinen Leiter erreicht werden konnte, hatte etwas Märchenhaftes. „Es ist traumhaft, Adam." „Es gefällt dir, ja?" „Es gefällt mir nicht nur, es ist ein absoluter Traum." Adam drehte sich zu ihrem Makler um. „Sie haben unsere Unterlagen bekommen?" „Ja, alles komplett." „Dann würde ich ihnen gerne die Zusage zum Kauf geben." „Wunderbar. Das freut mich." „Wann wird das Haus bezugsfertig sein?" „Nun, die Besitzer sind bereits ausgezogen, wie man sieht. Der Keller und der Garten müssen noch geräumt werden. In drei Monaten sollte hier alles bezugsfertig sein. Natürlich können sie auch vorher jederzeit noch einmal hierher kommen um eventuell Maße zu nehmen oder Ähnliches. „Gut. Dann sind wir im Geschäft." Die beiden Männer schüttelten sich die Hände und Laurie stieg noch einmal die Treppen hinab, um in die Kinderzimmer zu sehen. Zwei blau gestrichene Zimmer. Ein paar Schrammen an den Türrahmen. Hier wurde sicher viel gelacht und gespielt. Kinder. Die alte Wehmut ergriff sie noch einmal. Was würde sie mit diesen Zimmern tun? Würde sie ihnen gerecht werden. Zimmer, die für Kinder gebaut worden waren. Nervös zupfte sie an ihrer Bluse. Trotz all der Freude und dem Glück - das flaue Gefühl, das beim Anblick der Kinderzimmer, Besitz von ihr ergriffen hatte, blieb. Adam und der Makler kamen zurück und der rundliche Herr mit dem Schnauzbart und dem tiefen Kinngrübchen schüttelte jetzt auch ihr die Hand. „Herzlichen Glückwunsch auch ihnen zum Erwerb ihres Eigenheims." „Vielen Dank. Sagen sie, warum wird das Haus denn verkauft?" „Die Besitzer mussten aus beruflichen Gründen umziehen." „Ach so. Sicher auch nicht leicht für die Kinder." „Oh, die Kinder. Die beiden Buben sind bereits im Teenageralter und haben sich, soweit ich informiert bin, sehr auf den Umzug in die große Stadt gefreut. Haben sie auch Kinder?" Laurie zuckte zusammen. „Ich...Äh...wir?" Adam, der ihre Unsicherheit schon bemerkt hatte, fiel ihr ins Wort: „Nein, noch nicht. Aber jetzt ist der Platz ja da." „Ha, da haben sie recht. Lassen sie uns doch in der Küche noch den Papierkram unterzeichnen. Wenn ich mich recht erinnere steht dort noch ein kleiner Tisch." „Sehr gerne. Laurie, Liebes. Kommst du?" „Ja, natürlich. Noch einmal haftete ihr Blick an den Kinderzimmern. Ob es immer so schwer bleiben würde?

Krümelchen – alles wird gut

Hell. Fast grell. Und so warm. Eingebettet in eine wohlige Hülle aus absoluter Sorglosigkeit. Liebe. Überall dieses mächtige Gefühl, das einem das Herz springen und vor Freude beinahe explodieren lässt. Sanfte Klänge, die die Seele in ein Meer aus Harmonie hüllen und Gerüche, die nicht definierbar, doch so unglaublich wohlig und blumig durch die Lüfte ziehen. Nicht in Worte zu fassen. Oder vielleicht doch? „Himmlisch" wäre Krümelchen eingefallen. „Göttlich" sollte Fips das Gefühl beschreiben, nachdem sie aus der Göttlichen Ebene zurück in der R.S. angekommen waren. Wie lange das alles gedauert hat – sie hatten keinen Schimmer. Wann ihnen bewusst geworden war, dass sie es tatsächlich geschafft hatten? Wahrscheinlich erst in diesem Moment. Genau jetzt. Hier in der Reisestation, wo sie sich jetzt herzlich in den Armen lagen. Sich festhielten. Vielleicht zum allerletzten Mal für sehr, sehr lange Zeit. Was hatten sie alles erlebt. Es war unglaublich. Sie hatten es geschafft. Petrus höchstpersönlich hatte sie hierhergebracht. Nach ihrer göttlichen Zeit. Ihrer Zeit auf der göttlichen Ebene. „Es ist unfassbar, Fips. Wir haben es geschafft. Kannst du dich noch an die göttliche Ebene erinnern?" „Nur an die wunderbaren Gefühle. Den Duft, die Klänge. Es war so…erfüllend. Und natürlich an das Wichtigste – wie das alles hatte passieren können."

„Der liebe Gott hat vergessen den Schalter umzulegen."

Klang es gleichzeitig aus ihrer beider Münder. „Alles andere ist verschwommen. Wie ein warmer Nebel in meinem Seelenköpfchen", sagte Fips. „Mir geht es genauso. Aber wichtig ist nur: Wir haben es geschafft. Wir sind hier. Wir gehen jetzt auf die Reise." „Ja, Krümel und du darfst endlich zu deiner Mama." „Ich weiß gar nicht wie ich dir danken soll, Fips. Ohne dich, hätte ich es nicht geschafft. Nicht ansatzweise." Wieder füllten sich die Augen der beiden Freunde mit Tränen. „Wie kann ich das je wieder gut machen?" „Hm…vielleicht indem du mir versprichst mich nicht mehr zum Heulen zu bringen. Mir geht dieser nasse Quatsch langsam tierisch auf die Nerven." Sie mussten lachen. Herzlich und voller Glück. Wahrscheinlich hätten sie noch ewig dort gestanden, hätte Petrus sie nicht plötzlich unterbrochen: „So, ihr beiden, es wird höchste Zeit." Noch einmal sahen Fips und Krümelchen sich tief in die Augen. Schmerz und Glück, Trauer und Freude schienen ihrer beider Herzen zu zerreißen. „Ich habe Angst, Fips. Du wirst mir so sehr fehlen." „Mann, hör auf! Nicht wieder. Ich mag keine Wasseraugen mehr. Ich habe doch auch Angst. Aber wir werden uns wiedersehen, mein Freund. Ich weiß es und du weißt es auch. Superhelden Ehrenwort."

„Jetzt ist aber genug gesprochen, ihr beiden. Los! Geht auf eure Reise. Eine habt ihr ja schon gemeinsam gemeistert. Da wird diese hier ein Klacks." Dann zog Petrus Krümelchen und Fips noch einmal fest an sich und flüsterte aus seinem buschigen, grauen Bart heraus: „Freunde wie euch kann niemand trennen." Ein verschwörerisches Flackern lag dabei in seinen Augen. „Vertraut mir. Vertraut euch. Der liebe Gott weiß, was gut für euch ist." „Solange er den richtigen Schalter umlegt." Selbst in diesem Moment konnte sich Fips einen seiner vorlauten Kommentare nicht verkneifen. Doch jeder wusste wie dankbar er war. Wie glücklich, dass sie alles überstanden hatten. Wie froh, dass ihnen niemand böse war. Und auch Petrus lächelte nur mild und führte sie zum großen Tor. Es war soweit. Noch nie hatten zwei Seelenengelchen das Tor zur selben Zeit durchschreiten dürfen. Das war ein Zugeständnis, das ihnen in diesem besonderen Moment so viel bedeutete. Fips würde einen harten Start haben. Das hatte man ihm verraten, obwohl es unüblich war. Sein Schein war schon zu lange rot gewesen. Er würde kämpfen müssen. Doch Krümelchen bereitete das keine Sorgen. Er kannte Fips. Wenn jemand kämpfen konnte – dann er. Und Krümelchen? Er hatte seine Mama durch das Himmelsrohr gesehen. Seine Mama. So, wie er sie noch von seiner ersten Reise in Erinnerung hatte. Da war sie und er würde bald bei ihr sein. Vielleicht würde einiges anders sein, als bei seiner ersten Reise. Vielleicht würde einiges an ihm selbst anders sein. Auch darüber hatte Petrus gesprochen. Doch er würde endlich dorthin kommen, wo er hingehörte. Mutig fassten sich die beiden Freunde bei den Händen und gingen los. Ein letzter Blick zueinander und schon wurden sie hineingezogen. Durch das Tor hindurch, hineingerissen in das Wunder, das man **Leben** nennt.

Es waren keine vierzehn Tage gewesen. Auch keine zehn. Nach sieben Tagen war es soweit gewesen. Artemis hatte sich wacker geschlagen und ohne Hilfe – nur in Lauries und Adams Anwesenheit vier wunderschöne Kitten geboren. Laurie hatte während des ganzen Geburtsvorgangs Artemis Tapferkeit bewundert. Mit welcher Selbstverständlichkeit sie die Geburt angenommen und durchgestanden hatte. Auch Adam war voller Bewunderung für die schwarze Katzendame, die selbst nach der anstrengenden Geburt, ihre Babys geduldig trocken leckte und umsorgte. Es war ein Wunder. Kein Begriff dieser Welt hätte es besser beschreiben können. Und sie beide hatten diesem Wunder beiwohnen dürfen. Wie schon von Doktor Müller vorausgesagt, waren drei der Kätzchen quirlig, gesund und gut entwickelt. Alle drei waren Mädchen. Und alle drei schwarz wie ihre Mutter. Vincent war entzückt gewesen und hatte sich beim ersten Anblick der schwarzen Knäulchen entschlossen, gleich zwei von ihnen zu adoptieren. Zwei Schwestern für Remus also. Die Dritte im Bunde würde zu Lauries Mutter ziehen. „Das fühlt sich fast so an, als wäre sie weiter bei uns", hatte Laurie gesagt. Und das vierte Kitten? Auch hier hatte Doktor Müller Recht behalten sollen. Der einzige Junge war schwach und klein. Er wog nicht annähernd so viel wie seine Schwestern und war zu Beginn nicht in der Lage selbstständig an den Zitzen seiner Mutter zu trinken. Doch Laurie war fest entschlossen gewesen, den Kleinen durchzubringen. Koste es was es wolle. Er hatte es ihr von der ersten Sekunde an angetan. Sein pechschwarzes Fell mit dem frechen weißen Fleck auf der Nase, die im Gegensatz zu seinem kleinen, schwachen Körper überdimensional groß wirkenden Augen und das etwas zu klein geratene linke Ohr, das mit seiner weißen Spitze noch kleiner wirkte, als es ohnehin schon war, waren alles Eigenschaften, die Lauries Herz für das kleine Wollknäuel noch höherschlagen ließen, als es das von vornherein schon tat. So hatte sie sich entschlossen Nachtschichten einzulegen, um dem Kleinen regelmäßig Ersatzmilch mit der Pipette zu füttern. Sie sah zu, dass die immer kräftiger und agiler werdenden Geschwister ihm nicht zu sehr zusetzten. Sie versuchte ihn so oft wie nur möglich an die Zitze seiner Mutter zu legen, in der Hoffnung irgendwann würde er die nötige Kraft finden daran zu saugen. Auch Artemis schien Lauries Verhalten zu bemerken, denn Laurie hatte immer öfter das Gefühl, dass die fürsorgliche Katzenmutter stets darauf bedacht war, ihren kleinsten Sprössling besonders warm zu halten und zu beschützen. Und eines Nachts dann, nachdem Laurie wieder einmal neben dem Katzenkörbchen eingeschlafen war, tippte Adam ihr vorsichtig auf die Schulter. „Sieh nur", flüsterte er. Und dann konnte Laurie es auch sehen. Ihr kleiner Schützling hatte begonnen bei seiner Mutter zu trinken. Es war wie eine zweite Geburt und Laurie konnte sich nicht erinnern, wann sie das letzte Mal so glücklich gewesen war.

Fips, wie Laurie den kleinen Kater aus einem einfachen Bauchgefühl heraus genannt hatte, entwickelte sich prächtig. Jeden Tag nahm er etwas an Gewicht zu und begann bereits mit seinen Geschwistern herumzutollen. Schließlich war er so fit, dass dem großen Umzug nichts mehr im Wege stand. Alles ging mit einem Mal sehr schnell. Die Möbelpacker kamen. Und bereits eine anstrengende Woche später waren Laurie und Adam in ihrem neuen Zuhause eingerichtet. Jetzt saß sie in ihrem Bett, Artemis und Fips auf ihrem Schoß und las eine Kunstzeitschrift in ihrem wunderschönen Haus. Alles war so schön hier. Auch Adam schien ausgeglichener denn je. Nur der Blick in die leeren Kinderzimmer schnürte Laurie immer wieder aufs Neue die Kehle zu. Erst an diesem Morgen war es wieder so gewesen. Adam hatte seine Spielkonsolen in eines der Zimmer getragen und stapelweise CDs in ein Regal gestapelt, das der Vorbesitzer in dem Zimmer belassen hatte. Laurie war wütend geworden. „Du hast also doch schon komplett mit unserer Familienplanung abgeschlossen!", hatte sie geschrien und dabei selbst für *ihr* emotionales Gemüt ungewöhnlich hysterisch geklungen. Adam war natürlich wütend geworden und sie hatten gestritten. So lange bis es Laurie mit einem Mal schwindelig geworden war. Sie hatte sich nicht mehr auf ihren Beinen halten können und war gegen den Türrahmen gekippt. Danach war ihr übel geworden und sie hatte sich mehrfach übergeben. „Ein toller Einstand. Wir streiten und ich habe eine Grippe." Adam, der sich aus Sorge bereits wieder beruhigt hatte, hatte sie sofort in ihr Bett verfrachtet und war zum Supermarkt gefahren um Cola, Salzstangen und Suppengemüse zu besorgen. „Ruh dich aus, du streitsüchtiges Wesen. Im Übrigen werde ich natürlich sofort das Zimmer räumen, falls ein Sprössling unsere Familie beglücken sollte. Bis dahin, musst du dich mit mir als Kind begnügen. Und glaub mir- ich kann ein tolles Kind sein. Mein Spezialgebiet ist die Pubertät." Laurie hatte lachen müssen. Wie war sie überhaupt dazu gekommen, ihm etwas vorzuwerfen, Schließlich hatte sie die wunderschöne Galerie bekommen. Und das zweite Kinderzimmer war zwar momentan zu einem Bügelzimmer umfunktioniert, doch schließlich hatten sie nun einmal keine Kinder und sie würde endlich lernen müssen, mit dieser Tatsache zu leben. Wenn sie das alles wusste, warum war sie dann so überempfindlich? Warum hatte sie schon wieder Tränen in den Augen und warum zur Hölle war ihr nur so schlecht, obwohl sie sich eigentlich nicht krank fühlte? Plötzlich durchfuhr es sie wie ein Blitz. Sanft schob sie Artemis und Fips von ihren Füßen. Es war so unwahrscheinlich und vermutlich wieder reiner Masochismus, doch sie musste es wissen. Nervös kramte sie in der Schublade ihres Schminktisches. Hatte sie ihn bei dem ganzen Umzugschaos etwa in eine andere Kommode gesteckt? Langsam wurde sie hektisch. Ob sie überhaupt würde pinkeln können? Da. Endlich hielt sie ihn in den Händen. Sollte sie es wirklich tun? Artemis und Fips, die ihr beide ins Bad gefolgt waren, sahen sie neugierig an. „Nett, dass ihr mir beisteht", murmelte Laurie ihnen entgegen, als sie die Tür abschloss. Warum sie das tat- sie hatte keine Ahnung. Sie war schließlich alleine im Haus. Aber sie kam sich so dumm vor, bei dem was sie jetzt tun würde, dass sie unter allen Umständen verhindern wollte, dass Adam, sollte er früher zurückkommen, etwas bemerkte. Die Minuten vergingen und Laurie wurde es schon wieder kotzübel. Da hörte sie Adams Schlüssel in der Tür. „Bin wieder da, Schatz!" Sie warf einen hektischen Blick auf das Plastikstäbchen vor ihr. Ihr Herz begann in ihrer Brust zu hämmern. Ob das Ding noch zuverlässig war? Haltbar war es jedenfalls noch. Laurie spürte Galle in ihr aufsteigen. Die Zeit war doch noch gar nicht komplett abgelaufen. „Laurie? Alles ok bei dir?" Sie hörte Adams Schritte die Treppe heraufkommen. Noch ein Blick auf das Teststäbchen. „Schatz? Ist dir schon wieder schlecht?" Laurie schloss die Türe auf und starrte ihren Ehemann an. „Mein Gott, Schatz. Du bist ja ganz bleich. Was ist denn los?" Laurie konnte kaum atmen. Alles um sie herum drehte sich. Doch sie versuchte sich zu konzentrieren:

„Du musst das Spielzimmer wieder räumen."

Das war alles was sie hervorbringen konnte. Doch Adam verstand sofort. Mit einem breiten Grinsen riss er sie an sich: „Natürlich Schatz. Noch heute."

Fünf Jahre später....

Lucie Schätzchen, würdest du bitte deine Schuhe nicht immer quer durch den Flur werfen! Räum sie bitte auf. „Ja, Mama! Komm Fips. Du kannst mir helfen."

Laurie musste schmunzeln. Seit Lucies Geburt folgte ihr der Kater auf Schritt und Tritt. Man hätte direkt eifersüchtig werden können. Sogar Artemis beäugte die beiden manchmal mit einer beinahe ungläubigen Miene. „Du und dein Kater. Ihr seid wohl unzertrennlich." „Fips ist mein bester Freund." „Ja, Lucie-Krümel ich weiß. Wasch dir bitte noch die Hände vor dem Essen." Laurie hörte ihre Tochter zum Waschbecken tapsen und das Wasser aufdrehen. „Pass auf Fips, sonst wirst du voll Seife." Sogar beim Händewaschen ist der Kater dabei. Was für ein nettes Duo, dachte Laurie bei sich. Kurz darauf saßen die beiden –Lucie und Fips am Tisch. Lucie auf ihrem Kinderstuhl und Fips auf dem Stuhl daneben. Laurie hatte mittlerweile aufgegeben Fips vom Tisch weg zu scheuchen. Solange er einfach auf dem Stuhl saß, war es für alle in Ordnung und eigentlich ein sehr netter Anblick. Lucie hätte ohne ihren Kater an ihrer Seite sowieso keinen Bissen gegessen, soviel stand fest. Es war bereits eine große Überwindung für sie, dass Fips den Kindergarten nicht besuchen durfte. Also brachte Laurie sie jeden Tag zu Fuß dorthin, damit Fips Lucie wenigstens bis zur Eingangstür begleiten konnte. Jeden Tag, bei jedem Wetter. Und beim Abholen bot sich für alle der gleiche Anblick. „Er passt eben auf sie auf", sagte Adam jeden Morgen und Laurie fand das einen sehr schönen Gedanken. Laurie betrachtete ihre Tochter, wie sie mit einer unbändigen Leidenschaft an den Spaghetti zerrte und die Tomatensoße dabei quer über ihr ganzes Gesicht verteilte. Wie hübsch sie doch war. Mit ihrer natürlichen Art, dem goldbraunen Haar und den strahlenden blauen Augen. Wie sie da so saß und mit ihren Nudeln kämpfte, erinnerte sie sie an Adam, der immer denselben kampfeslustigen Ausdruck im Gesicht hatte, wenn er dabei war die Kabelknoten ihrer Weihnachtsbeleuchtung zu entwirren. „Hey, mein mutiges Mädchen." Lucie sah mit ihrem mittlerweile von Soße getränktem Gesicht auf. „Sag, mal. Hättest du gerne ein Geschwisterchen?" Gestern hatten Laurie und

Adam erfahren, dass ihr schon so lange gehegter Wunsch nach einem zweiten Kind endlich in Erfüllung gegangen- und Laurie wieder schwanger war. Seitdem waren sie nervös, wie Lucie die Nachricht wohl aufnehmen würde. „Na, klar. Warum nicht. Das wäre doch toll, hm Fips?" Erleichtert lächelte Laurie ihre Tochter an. Sie fühlte sich so unsagbar glücklich und dankbar. Dankbar für jeden einzelnen Tag, den ihr kleiner Krümel Lucie nun schon ihr Leben bereicherte. Ihr kleiner Engel, der zu ihr gekommen war als sie schon gar nicht mehr daran hatte glauben können. Und dankbar für den kleinen Schatz, der jetzt in ihr heranwuchs. „Das ist toll Lucie, denn wenn alles gut geht, wirst du im Sommer eine große Schwester werden." „Klasse! Warum sollte es denn nicht gut gehen? Da müsste der liebe Gott ja vergessen einen Schalter umzulegen." Laurie runzelte die Stirn. „Lucie, wie kommst du denn auf so einen Quatsch?" „Ich weiß nicht, Mama, einfach so."

Danke...

... an meine liebe Freundin Susanne für das stete Probelesen und unseren immer ehrlichen Meinungsaustausch...

... an meine Familie, besonders meine Eltern,
meinen Ehemann – mein Fels und meine Kinder, für all eure Unterstützung, Liebe und Geduld

...an alle anderen Freunde, die mich hierbei unterstützt und ermutigt haben – wie gut, dass es euch gibt

Zeitfracht Medien GmbH
Ferdinand-Jühlke-Straße 7
99095 Erfurt, Deutschland
produktsicherheit@kolibri360.de